20代女子図鑑

恋と自分と人生、これは私の物語

信じるってさ、犠牲になることだと思うの

山本《やまもと》　志帆《しほ》

恋人が浮気をした。友人が浮気された話を聞いた時は、私が当事者だったら目も当てられないくらい酷い有様で泣くだろうなと思っていた。けれど、案外大丈夫かもしれないと感じていることに驚いた。ただ単に、現実を受け止められていないだけなのかもしれない。

「ごめん。本当にごめん」

さっきから平身低頭で謝り続ける彼の姿も、なんだか滑稽《こっけい》で笑えてくる。

「謝るくらいならなんでしたの？」とは聞かなかった。今更そんなこと聞いたって、どうしようもないことだと知っていたからだ。

「静かで慎ましく、感情的にならないのが良い女の条件よ」と母は私が幼い頃から口癖のように言っていた。母はその言葉を自ら体現するように、酒と女癖の悪い理不尽な父の暴力に晒《さら》されても、お淑《しと》やかで気取った笑顔を崩さなかった。元々の母の気質なのか、それとも横暴な父が母をそうさせたのかは知らない。私の記憶にある母は今と変わらない。ただ、昔のアルバムの中で笑っている結婚前の若かりし母の姿は、今よりもずっと幸せそうに見えた。

実家で暮らしていた頃、私はそんなロボットみたいな母のことが大嫌いだった。

感情的になって声を荒げるヒステリックな母は未《いま》だかつて一度も見たことがない。でも、それは娘である私からすれば、受け入れているというよりも諦めているからのように感じていた。

奇しくもそんな母の教えを守って、私は今、母の語る「良い女」であろうとしている。息の詰まるようなあの家に母を置いて逃げてきても、私はあの親の子というわけだ。

「もうしないから。信じて欲しい」

腰を綺麗に直角に折り畳んで謝る彼の言葉からはどこか慣れを感じさせた。きっと今までも沢山そのセリフを言ってきたんだろうと思った。そんな彼の背中を見ていると、自分の中で黒い感情が渦巻いていくのが分かった。

その得体の知れない感情は、言葉になって私の口から吐き出される。

「信じるってさ、犠牲になることだと思うの」

一つ言葉が口をついて出てくると、紙で指を切った時みたいに、気づかなかった傷口がじんわりと痛み始めた。その中には今できたばかりの生傷だけではなく、ずっと昔から私の身体に刻まれていたのに、見て見ぬふりをしていた傷からの痛みもあった。

あぁ、そうか。母はこの痛みに気づかないようにしていたんだ。

その痛みが全身を支配し始めた頃、母がどうして私を「良い女」に育てようとしたのかが分かった気がした。それしか私を守る方法が分からなかったのだ。同時に、私は母みたいな人にはなれないことを悟った。私は静かに慎ましくなんて生きられない。

顔を上げた彼は、私の言葉の意図を計りかねて首を傾げている。その表情が酷く間抜けなものに見えて、下品な笑いが漏れそうになった。

「私が貴方の犠牲になったら、貴方は私に何をくれるの？」

もし、今の私の表情を母が見たら、醜いと言って蔑むだろうか。それほど残忍な表情をしている気がした。

愛はいつも狂っている。愛したが故に母は狂い、形の歪んだ愛が父を狂わせた。今度は貰えなかった愛を求める私をも狂わせようとしている。

愛は狂気なんだ。今やっと、その正体に気づくことができた。

結局私は、彼の浮気を許してしまった。彼が今までの恋人に対して、どれだけの罪を重ねてきたのかは知らないし、今回が初めてだったのかもしれないし、私にも原因はあるだろうし、浮気はされる方が悪いとか、いじめられる側にも原因があるとか、世の中にはそんな言葉もあるくらいだし、何より、自分は彼にとって必要な存在なんだと正当化していないと、自分を保っていられない気がしていた。

それが正しいことだとは思わなかったけど、正しさだけで進む道を選べるほど、私は私自身への期待も、自信も、余裕すらもある人間ではなかった。

でもそれは、実のところ自分を守るための言い訳に過ぎなかった。本音を言ってしまえば、ただ単に私の生活に彼というピースが欠けていることが想像できなかっただけだ。

今を保つためなら、多少傷口が痛んだとしても、気づいてないふりをすればいい。幸いなことに、私はその術《すべ》を母から学んでいる。

「これで良かった」

彼を失う不安で眠れなくなった夜。私は自分に言い聞かせるように何度も、何度も頭の中でその言葉を繰り返すようになった。

意外にも、それで安らかに眠れたりする。

占いも手相も信じるタイプではないが、偶《たま》には暗示に縋《すが》ってみるのも案外いいのかもしれないと思った。例えそれが洗脳に似た何かであっても、寄り掛かれるものがあれば、まだもう少しだけ私は正気でいられるのかもしれない。

彼の遊び癖は当然のように治らなかった。それどころか、私が一度彼の愚行を許してしまったことで、目に見えて歯止めが利かない状態になっている。

私が幼い子供のように、金切り声を上げて嫌だと駄々を捏《こ》ねても、彼は異性のいる飲み会や旅行には「ただの友達だから」と言って出かけてしまうだろうし、マッチングアプリだってきっと削除してくれない。可愛いと噂していた会社の同僚との関係だって、現在進行形で進展しているはずだ。ＬＩＮＥでは常に私以外の人ともやりとりをしているのも知っている。

この前のデートをドタキャンされたのだって、体調が悪いと言っていたが、本当はその同僚と会っていたんじゃないかと思っている。いや、間違いなくそうだ。

この頃の私は、そんな彼の目に余る愚行にも慣れてきてしまっている節がある。

人間の一番恐ろしいところは慣れてしまうことだと思った。時間を掛けて、ゆっくりと正常な判断力が奪われてしまうのだ。

最終的に自分のところに帰ってきてくれればいいや。なんてことを考えるようになってしまっている。私の思考は慣れることで既に破綻している。

それでも私の中には、まだ諦めきれていない自分がいることを自覚していた。

信じているのだ。彼が私のことを好きでいてくれていると、本気で。

馬鹿だとは思っている。でも仕方のないことなのだ。これまでの思い出は、実は全部嘘だったなんて、今更受け入れられるわけがない。それを自分で認めてしまったら、私が彼に捧げた時間と若さの意味が分からなくなる。私はそれを受け流せるほど「良い女」じゃない。

彼の浮気を許したあの日から、私の愛の形は歪んでしまった。いや、元々歪んでいたんだ。

「依存」という名前を冠する私の愛は、概念ではなく質量として重さがあるように思える。

母からも、父からも愛されなかった私の愛なんて、最初から正しくなんてなかった。

私はずっと欲しかった愛の温かさを彼から教わってしまった。それが偽物であることも分かっていたが、思えば知ってしまったことが終わりの始まりだったのだ。例え後に残らない偽物の愛だとしても、この手から彼の愛がこぼれ落ちることが怖い。

一度手に入れてしまったそれを失うことは、私にとって最早死ぬことと同義だった。だからこれ以上傷つかないように、痛みに気づいてないふりをしながら、生きていくことしかできないのだ。

「ただいま」

彼はいつものように、私の家にやってくる。

「おかえり」となんでもないことのように返事をする私の心情は、もう誰にも読み解くことはできないくらい深く、複雑に、それでいて暗く入り組んでいる。

そう遠くない未来、彼は私に別れを告げるはずだ。根拠なんてない。でも、分かる。

私は彼ではないけれど、彼は私だから。

私の愛の形も、彼の愛の形も、既に正しくない。

でも、多分愛なんて全部等しく正しくない。

全部、全部、少しずつ狂っている。偶々私と彼の愛が、ズレていただけだ。

私は彼と別れた後、ちゃんと正しく生きられるだろうか。

どれだけ考えても、彼がいない未来を生きる自分の姿を想像することができなかった。

一時間だけの
漫画喫茶

林《はやし》 明日香《あすか》

「ホテルか漫画喫茶、どっちがいい？」

そのセリフを終電間際の口説き文句にしている友人がいると、池袋《いけぶくろ》の『赤《あか》から』で微妙な笑顔を浮かべながら語ったのは、高校時代に二年近く片想いをしていた同級生の浅間《あさま》太一《たいち》だった。

太一が言うには、相手に選択肢を与えて断られる確率を下げるテクニックのことを、「ダブルバインド効果」というらしい。ネットで検索してみたら幾つもの自称恋愛テクニシャンたちが書いたと思われる記事を見つけることができた。

私は後にも先にも、これほどダサい二択を聞いたことがない。ちなみに、太一曰《いわ》くその友人は、漫画喫茶と答えられたら、大人しく漫画喫茶に行くらしい。意外に純情な子なのかなと思ったりしたが、その後漫画喫茶に連れ込んで何をしたかは知らない。気になったが、なんとなく鍋をつつきながら聞く話ではないと思って聞くのを止めた。

私と太一は、埼玉《さいたま》県の伊奈町《いなまち》の出身で、同じ公立高校に通っていた。

それなりに偏差値が高い学校で、中高一貫で行われる秋の文化祭は、近隣の県からわざわざ足を運んでくる人がいるくらいの規模と完成度を誇り、地域の伝統行事と括られるほどだった。

太一と知り合ったのはまさにその文化祭がきっかけだった。

共通の知人を介して知り合った太一は、すれ違った人が思わずチラ見するほどのイケメンというわけでもなく、良くも悪くも普通だった。だが、誰に対しても平等に優しく気を遣え、いつも人懐っこい笑顔を浮かべていて、取っ付きにくさが皆無な故か、みんなから愛されている人気者だった。加えて意外に頭も良く、教え方も上手かったため人に頼られている姿も度々見かけた。

太一は異性からとてもモテていた。入学した頃から、他校に中学生の頃から付き合っている彼女がいたらしいが、それを知っていても諦めずにアタックしていく子も多く、彼女らの告白に対して言葉を選びながら申し訳なさそうに断っていく姿には、太一の人柄そのものが表れていた。

「なんで俺なんかがいいんだろうなぁ」

太一は一度、偶然帰りが一緒になった私にそんなことを漏らしたことがある。

「知らないよそんなの。モテ自慢しないで」

私が軽くあしらうと、太一は「ごめんごめん」と言って笑った。

みんな太一のそういうところが好きなんだよと思ったが口にはしなかった。私は高校二年生の頃ぐらいから密かに太一に想いを寄せ続けていたが、在学中太一が他校の彼女と別れることはなく、その想いは言葉にする機会がこないまま卒業を迎えてしまった。

せめて二人で話せる時間を作りたいと思って、受験のために勉強を教えて欲しいという口実を使って月に何度か太一に勉強を教えてもらった副次的な効果で、高校三年生の春時点でE判定しか取れなかった都内の名門私大に合格できた。要領の良い太一は、自分以外の人の受験勉強の面倒を見ながらも、文系国内最難関と言われる国立大学に現役で合格した。

卒業してしまえば切れる縁かと思っていたが、大学四年生になった今も、こうして二人で御飯に来るくらいには関係が続いている。

太一は今もまだ、同じ女性との交際を続けているらしい。確か十五歳の頃からの付き合いだったはずだ。同世代の人で、これほど長く同じ人と交際し続けているのは、少なくとも私の身の回りには太一以外にはいない。

私はどうだろう。太一を密かに好きになって、想いを伝えられないまま卒業してからもこうして頻繁に会い続けているけれど、私は未だに太一のことが好きなのだろうか。よく分からない。

「大学卒業したらすぐ結婚とか考えてたりするの？」

私は具がなくなった鍋に〆のご飯を入れチーズを振って掻き混ぜる。

「どうだろうね。考えてないわけじゃないけれど……」

胡椒《こしょう》かけてもいい？と訊く太一に私は首を縦に振った。

「このままずっと付き合い続けていけるのかも今はよく分かんなくて」

かけ過ぎと言って、私は太一が胡椒をふる右手を鍋から押し退ける。

「長く付き合ってるとさ、分かっていることよりも分からなくなってくることの方が多くなった気がするんだ」

グツグツと煮込まれてきたリゾットが少し飛んでテーブルに赤いシミを作る。

「それは私が訊いてもいい話？」

私は一瞬手を止めて太一を見た。太一は大学入学したての頃は伸ばしていた髪を最近また短く整えるようになった。短髪の方がやっぱり似合ってると私は思った。

「いや、人様に聞かせるような話じゃないわ」

忘れて、と太一は言った。

そんなマイナスに聞こえることを太一が言うのは、交友関係ができてから初めてのことだった。

別れ話でもしているのだろうか。そんな邪《よこしま》な期待が一瞬頭をよぎった。だが、太一は多分太一なりに思い悩みながら、彼女のことを考えているだけだろう。

「何それ〜」と私は笑った。

できあがったリゾットは、やはり少し胡椒が利き過ぎていて辛かった。そういえば、太一はいつも味を濃くして食べるのが好きだった。

店を出ると、時刻は二十二時を回っていた。金曜日の池袋西口はまだ駅から人が溢れてくるほど賑わいを見せている。

「明日は？」と太一が私に訊いた。

「朝からバイト」と私は答え、「太一は？」と訊いた。

「午後から彼女に会いに行ってくるわ」と太一は言い、じゃあ今日は帰るかと駅へ歩き出した。

私は太一の横に並んで歩いたが、西口の改札に下りる階段の前で足が止まった。

「どうした？」と太一は振り返る。

「なんか今日さ、帰りたくないんだよね」

私の口から軽い調子でそんな言葉が出てきたことに驚いた。太一は少し笑いながら、

「珍しいじゃん」と言って私の傍に寄った。

「終電までもう一軒だけ行く?」と太一は私に訊いた。太一からはいつもと同じ柔軟剤の匂いがした。

「じゃあさ、ホテルか漫画喫茶どっちがいい?」

私は伏し目がちになりながら太一に言った。お酒に酔っているスーツを着たサラリーマンの集団が、私達の横を通り池袋の雑踏の中へ歩いていった。

「漫画喫茶ってさ、俺行ったことないんだよね」

ロータリーからバスのクラクションと、交差点の信号機の音が聞こえた。太一の声は、こんな騒がしい街の中でもよく通って聞き取りやすい。

「そういえば、私も行ったことないかも」と言って、私はスマホで漫画喫茶の場所を調べる。思いのほか近くにチェーン店があり、向かうべき方向を指差す。雑踏に紛れたサラリーマンの軌跡を追うように、私達は再び歩き出した。

漫画喫茶にも会員登録が必要なことを、私達はその日初めて知り、ボックスは思っ

ている以上に狭く、二人で入るには窮屈なことを学んだ。

太一の友人は、漫画喫茶を相手が選んだ場合、ここで何をしていたのだろう。私はまたどうでもいいことが気になり、太一に尋ねたがはぐらかされてしまった。それが答えじゃないかと私は思った。

もし仮に、太一がさっき「ホテルに行こう」と言ったらどうしただろうか。何度も妄想したことがあるはずのことなのに、今日ばかりはその後のことを上手く想像することができなかった。

別に何をしたわけでもない。ただフラットシートの個室で足を伸ばしながら、漫画を読むわけでもなく、オンラインゲームをするわけでもなく、ダラダラと喋っていただけ。

「ねぇ、太一」

私はいつかこれを訊いたことを後悔するかもしれないと思いながら、口を開いた。

「私達ってさ、なんだろうね」

店は池袋の雑踏の中にあるのに、室内は空調が稼働する音と近くのボックスにいる人の咳払いやレザーのソファが軋む音しか聞こえなかった。

「友達だよ。きっとこの先も、仲の良い男女の友達」

太一は少しだけ困ったように笑った。恋人がいるのを分かっていながら告白をしてきた子に、申し訳なさそうにしながら断る高校生の太一の姿と目の前の太一が重なった。

「そうだよね」と私は笑った。いつものように上手く笑えていたかどうかは自信がなかった。

結局一時間だけその漫画喫茶に滞在して、何事もなかったように「またね」と別れを告げて、西武《せいぶ》池袋線に乗る太一を改札で見送った。

私は、太一に私に何かを求めていたのだろうか。電車に揺られて一人暮らしの家に着くまでの間ずっと考えていたが、結局分からないままだった。

それでも私は女として見られたい

日比野《ひびの》桜《さくら》

「あの、ユリさんですか？」

上野駅《うえの》の改札を出たところで声を掛けられ振り返ると、黒のダウンジャケットを着たマッシュヘアの男性が立っていた。

「はい。春《はる》さんですか？」

吹き込んでくる風で乱れた前髪を整えながら私が答えると、彼は安堵したようで、

「そうです！　良かった〜」と言った。

頭の中で勝手に想像していた声より少し高く、背格好は思っていたよりも小柄な男性で、顔は写真で見ていたよりも見劣りした。恐らく加工された写真を使っていたか、偶々撮れた奇跡の一枚だったのかもしれない。とはいっても、別に会えれば誰でも良かったのだ。見た目なんていちいち気にしていてもしょうがない。所詮はマッチングアプリで、私は彼氏を探しに来たわけではないのだと言い訳がましく自分に言い聞かせた。

「とりあえず適当にお店でも入りましょうか」と彼が私を促す。私も彼に従って続いた。

彼が選んだ大衆居酒屋に入った後も、私は暫く緊張を隠せなかった。コミュニケー

ション能力はレベルアップしていくものだと言われたことがあるが、二十三歳になった今も、私の人見知りは昔から変わっていない。春さんは随分レベルアップしているのか、ただ話をすることが好きなのかは分からないが、私がぎこちない相槌を続けているうちも、途切れることなく場に話題を提供し続けてくれた。

彼は私の一つ下の大学四年生で、出身は福島県《ふくしま》の相馬市《そうま》だそうだ。高校生まではバレーボールをしていて、春の高校バレー選手権にもピンチサーバーだけど出場したことがあると自虐気味に語っていた。今はサークルで遊びのバレーをしているのだとか。

「バレーは好きだけど、練習があまりにもキツいのと真夏の体育館が暑すぎて嫌になった」と彼は言った。

スポーツをやったことがない私からすれば、そのキツさも分からないし、折角そこまでやったのに辞めてしまうのは勿体ないと思って、そのまま口にすると彼は「好きでも地獄を見る覚悟は決まらない」と言って苦笑いした。

「そういうものなの?」と私が訊くと、「そういうものなの」と彼は頷いた。よく分からなかったが、もしかすると春さんの言うことは、スポーツに限った話ではないかもしれないと密かに思った。

「アプリでは結構会っているの？」

お酒も入って慣れ始めてきた私は彼に話題を振れるようになってきた。

「どうですかねぇ。ちゃんと数えてないけど、多分ユリさんで五人目かな」

彼の口調は段々と砕けたものになってきていて、私のパーソナルスペースに隙あらば入り込んでこようとしているのが分かった。が、別に不快感はなかった。元よりこちらもそのつもりだ。

「大学生なんて幾らでも出会いあるでしょ。アプリなんかやらなくても」

〝アプリなんか〟と自分で言っておきながら、なんだか偏見を含んだ言い方をしてしまったなと口の中で舌を軽く噛む。しかし、彼はさほど気にする素振りも見せず、

「いやいや、全然そんな。俺マジでモテないですから」と笑った。

「どうせ遊びでやってるんでしょ？」

大人の余裕なんてものは私には皆無だったが、前に垂れかかってきた髪を後ろに流すような仕草をしてそれらしく取り繕ってみる。

「まぁまぁ。ね？　大学生ですからそういうこともあるよ」

「そういうこともねぇ〜」

私が少しだけ嫌味ったらしく言うと、彼はどことなく揶揄われていることに対して満更でもなさそうに笑ってから、バイトと思われる金髪の女性店員にレモンサワーを注文した。

「ユリさんは、なんでアプリやってるんですか？　彼氏いるんですよね？」

彼の言葉が不貞を責めているようにも、状況を嘲笑っているかのようにも聞こえてムッとする。さっきの仕返しをされた気分で面白くない。

「大人には色々あるの」

私は努めて冗談っぽく聞こえるように言った。その言葉の裏にある悲壮な思いを、出会ったばかりの年下の男に悟られたくなかったのだ。

もっとも、彼はそれほど勘が鋭いタイプにも、女心に精通しているタイプにも見えない。ただの冗談だと受け取ってもらえるだろう。案の定彼は、緩んだ頬を更にニヤけさせながら、「大人っていっても年一つしか変わらないじゃん！」と言った。扱いやすい子で大変助かる。

彼が言うように、私には恋人がいる。中学三年生頃に同じ塾に通っていた太一君と出会い、交際を始めてからはもう八年近くになる。

出会った当時はセーラー服と学ランを着て自転車で塾に通っていた私達も、いつの間にか大学を卒業して面白みのないリクルートスーツを如何にも新卒という出で立ちで着こなしながら、毎朝満員の通勤電車に揺られている。重ねてきた時間の重さが今更ながら感慨深い。

「一緒に住む？」

太一君が私にそう言ったのは、お互いに都内での就職が決まった大学四年生の夏のことだった。

それから実際に同棲を始めたのは社会人になる直前の三月のことなので、まだ一年も経っていない。

同棲を提案してきた太一君は、まるでその日の晩御飯は何にするかと訊くぐらい何気なく、「いつかは結婚するわけだしさ」とさらっと言ってみせた。

「結婚」という言葉は、当時まだ大学生だった私にはあまりにも現実味のない言葉に思えた。それこそ概念として知っているだけの竜宮城のような存在だった。

女友達と散々夢を見て語った「結婚」という概念が、目の前に当たり前のように出てきたことが、いつの間にか自分が大人になってしまったことを思わせた。

付き合いはじめの頃から私達を知っている友人達からすれば、タイミングの問題だけだと思われているかもしれない。だが、長く付き合っているからといって彼の口から出た「結婚」という言葉を手放しで喜べた訳ではない。その言葉に伴ってくる様々な現実が、暫く心なしか心情を曇らせた。それでも、彼の思い描く将来の中に私が当たり前のように存在していることは堪らなく嬉しかった。

同棲生活は勿論楽しみではあったが、初めは不安の方が大きかった。家族以外の人と同じ家で生活をしたことがなかったことの不安というよりも、それが別れのきっかけになりえてしまうことへの危惧に近い。まだ二十代前半とはいえ、彼と過ごしてきた八年という期間は簡単に投げ捨てられてしまうほど軽いものではない。セーラー服を着ていた自分が、知らない間にスーツを着ているように、若さは永遠ではないことをこの頃は嫌でも思い知らされる。

同棲した当初に抱いていた不安の大半は杞憂で終わった。大型犬を思わせる柔和な彼は時々私が不安になると私に寄り添ってくれたし、仕事柄夜型になりがちな私の生活リズムも尊重してくれた。何よりも、慣れない仕事で疲弊して自宅に帰れば太一君が家にいてくれることはこれ以上ない程私を安心させた。

心配事の九割は実際には起こらないという世間の誰かの意見は至極真っ当だと思った。そして、一割は実際に危惧していたことが起こってしまうというのもまた、真実なのかもしれないと思った。しかも、起きてしまうことは大抵自分が一番恐れていることだ。

一瞬物思いにふけりそうになっていた私は、春さんのケラケラとした笑い声と氷だけになったグラスを揺らすカラカラという音で我にかえった。今日は、太一君のことを考えるために来たわけではない。

「君も来年には分かる。この一歳の差はでかいよ、うん」

私も彼に倣って氷だけになったグラスをカランっと一つ揺らした。

「レモンサワーとグレープフルーツサワーくらいの違いじゃない？」

「流石にビールか日本酒くらいの違いはあると思う」

「俺ビール嫌いっす」

「そういう話じゃないのよ、これは」

彼の無邪気さと何にも囚われてなさそうな自由さが今はただ羨ましく思えた。

会計は彼が出すと言ったが、流石に学生に奢ってもらうのは申し訳ないと言って、彼が六、私が四でお互いに手を打った。店を出る頃には最初に駅で会った時の緊張感はすっかりなくなっていて、純粋にこの日限りの不思議な時間に楽しさを覚えていた。

年の瀬も迫った東京の外気がほてった肌に刺さった。この街に来て五年。雪なんて滅多に降らない東京なのに、ビルの隙間を縫って吹いてくる、人をなんとも思っていないような空風には、いつまでも慣れない。

「この後どうします?」

会計を済ませて店を出てきた彼が私に訊いた。

私は、はぁーと一つ息をついてから、「どうしたい?」と試すような声を作った。土曜日の夜、二十二時を回っても喧騒の渦中にある上野の街の路上で、彼が唾を飲んで喉を揺らすのが分かった。

「俺の家、北千住《きたせんじゅ》なんだけど、来る?」

意図しなければ内側から弾き出されてしまいそうな欲求を隠しながら私を見つめる彼を見て、私は懐かしさすら覚える快感を自覚していた。

あぁ、それ。私はずっと、それが欲しかったのだ。男性から向けられる、女性への渇望《かつぼう》に溢れた視線と欲求が滲み出た表情を。

「いいよ。行こっか」

私は彼の手にそっと触れる。彼は少しだけ驚いたように一瞬手を引きかけたが、すぐに握り返して私を連れていくように駅に向かって歩き出した。

北千住駅から歩いて十分もしないところに彼のアパートはあった。部屋に着くなり、彼は電車に乗る前から抑えていた私への性的な欲求を抑えられなくなったのか、半ば強引に私の身体を抱き寄せてキスをしてきた。抱き寄せる腕力の強さと、思いのほか厚くゴツゴツとした胸筋が、久しく忘れていた男性の感触を思い出させる。太腿《ふともも》をスーッと一筋の愛液が流れていくほど下半身は濡れていた。

彼は私の服を次々と脱がしては床へ投げ捨てていき、下着姿になった私を必死になって追い掛けるかのように慌てて自分も服を脱ぎ去った。キスをしたまま彼は私の腰に手を回し、左手で器用にブラジャーのホックを外す。意外なほどにセックスまでの過程に慣れを感じさせた一連の所作に、私も遊び相手の一人に数えられてしまうことへ悔しさみたいなものが一瞬芽生えた。しかし、そんなことは彼の人差し指が私の性器に触れ始めたと同時にどうでも良くなった。彼の指遣いは少し雑だったが、その雑さが寧《むし》ろ今は私を興奮させた。快感だけに酔いしれて、見知らぬ男の性に溢れた目で全身を舐めるように見回されることに、ただただ満たされる気分だった。この剥き出しの欲求を私はずっと求めていた。

彼は私をベッドに押し倒すと、首元に痕をつけるように、執拗なまでにキスをし続けた。その間も欠かさずに彼の指で性器を掻き回され、私は無意識に喘ぎ声を次第に甲高く、そして大きくさせていった。頃合いを見計らった彼がベッドのすぐ傍に置いてあった木箱からコンドームの袋を取り出した。彼は自分のものにコンドームをつけると、私に覆いかぶさり、訪れるべき場所を探すようにしてから勃起させた性器を挿入するために腰を突き出そうとする。

『いつかは結婚するわけだしさ』

聞こえるはずもない声がどこからか聞こえたような気がした。私は無意識のうちに彼を力強く押し退けていた。

突然私に抵抗されたことに驚いた彼は、コンドームをつけたままの性器をだらしなく勃起させたまま、困惑の表情を浮かべていた。

「……いや、あの、違くて、ごめ……ん……なさい。本当にごめんなさい」

私はそれだけ一方的に告げると、床に撒き散らした服を適当に身につけて、未だ状況が理解できていない彼を置いてアパートの部屋から飛び出した。

終電は既になくなっていて、駅でタクシーを拾ってから太一君と住んでいる蔵前《くらまえ》の自宅に着く頃には深夜の一時を過ぎていた。

部屋の電気は消えていて、寝室を覗きに行くとタブルサイズのベッドの端っこで、太一君は静かに寝息を立てていた。

すれ違い始めたのはいつ頃からだっただろうか。多分それは、同棲を始めるよりもずっと前のことだ。

初めはそれほど気にならなかった。太一君はどちらかというと消極的なタイプだったし、偶々そういう日が続いているのかなと思う程度の些細な違和感でしかなかった。

でもいつからか、彼は私を一度も抱いてくれなくなった。所謂《いわゆる》セックスレスというやつになるのだろうか。人並みにスキンシップはあった方だと思うし、デートのたびに身体を重ねていた時期もある。だが、それが少しずつ減っていき、今では最後に太一君と身体を重ねたのがいつのことだったか思い出せない。

デートに行っても手を繋ぐこともなくなった。友人達に相談をしても、私達くらいの年齢でそんなことあるのと笑われてしまった。

私だって、そんなことで悩むのなんてもっとずっと先のことで、もしかしたら一生ないことかもしれないとすら思っていた。けれども現実に、私達の間では問題になっている。

いつだったか、私は太一君に訴えかけたことがある。

「私は太一君に女として見られたい」

性的なことをいざ面と向かって訴えることは恥ずかしいなんて言葉では纏《まと》められない。けれど、恥を忍んででも、私は太一君にちゃんと女として見て欲しかったのだ。

しかし、太一君は「桜のことは好きだし愛してるけど、もうなんていうか、家族みたいな感じに思えちゃうんだ」と申し訳なさそうに、ごめんと言って謝るだけだった。

その日以降は、お互いの間でセックスレスを問題として口にするのも、どこか憚《はばか》られる雰囲気が漂っていた。

彼から同棲を持ち掛けられた時、これがセックスレス解消のきっかけになり得るかもしれないと期待もしていたが、そんなに上手くいくものではない。

私はゆっくりとベッドに腰掛け、短く切り揃えられた太一君の髪をそっと撫でる。

すると太一君は子供みたいな唸り声をあげて、私の方に寝返りを打った。

「あぁ、桜。おかえり。遅かったね」

「ただいま。遅くなってごめんね」

私は太一君の髪に触れたまま言った。さっきまで別の男の首元に添えていた汚れたままの手で。

太一君は掠れた声で、「何してたの？」と私に訊いた。

「会社の人と飲んでたらちょっと遅くなっちゃっただけ」

そう言った私の胸に広がっていったのは、嘘をついたことへの罪悪感なのか、久方振りに自分に向けられた欲求への高揚なのか、それとも改善の見込めない未来への不安なのか、分からなかった。

ねぇ、太一君。私ね、さっきまで他の男の人と遊んでたんだよ。

お酒を飲んで、家まで行って、服まで脱がされて、キスもした。太一君以外に身体に触れられたことなんてなかったのに。

ねぇ、太一君。私は太一君に嫉妬されたかったの。どれだけ長く付き合っていても、結婚してからも、ずっと女として愛されたいの。

目を瞑ったままの太一君の髪をずっと撫でながら、心の中で私は彼に念じ続ける。

どうかこの思いが、太一君に伝わってくれますようにと、願いながら。

「ねぇ、太一君」

「何？」

「愛してるよ」

その言葉だけは、嘘じゃない。

私はただ、愛されたかっただけなんだ

岡田《おかだ》　愛子《あいこ》

私自身の自惚れと現実逃避を含めて下の中。

客観的な視点で嘘偽りなく回答を求めるなら下の下。

それが私の容姿に対する一般的な評価である。言葉を選んでもらう必要などなく、不細工と表現されるのが至極正しい。

「もう少し目がぱっちりしていれば二枚目俳優になれた」と自称する、売れない舞台役者だった父の目元。

「鼻筋が高く通っていればミスコンで優勝して、局アナの最終面接で落とされることはなかった」と自称している母の潰れた豚鼻。両親の負の遺伝子が掛け合わされた、誰にも似ていない薄い唇。あえて選ばなければ使われることのないようなネットゲームのアバターパーツを、神様が文字通り暇つぶし感覚で適当な配置に並べたのが自分の顔だと言われても、私はなんら不思議に感じない。

人は容姿ではないと世の中では散々言われている。だが、私から言わせればそんなものは恵まれた側からの楽観的な主張に過ぎない。顔が良くないというだけで同じスペックの人間との相対的な評価は下がるし、行動一つとっても捉えられ方が変わる。世界は残酷なまでにルッキズムなのだ。

自分で言うのもなんだが、私の置かれる不遇な状況は、自身の容姿それだけではない。すぐ身近にいる、私の二つ下の妹、瑠璃《るり》の存在が私の人生を更に悲観的なものにさせた。

瑠璃は両親のコンプレックスの結晶のような容姿で生まれてきた私とは違い、父と母のいいところ取りをした上に世の中の理想を詰め込んだような美少女だった。

幼い頃からその類いまれな容姿で一目置かれる存在だった瑠璃は、高校生になったばかりの頃に友人とSNSにあげた動画が百万回再生を記録したことで、「瑠璃」という存在を世間に知らしめることになった。いわゆる「バズる」というやつだ。

なんてことのない流行の曲に合わせて手遊びをするような踊りをしただけの動画だったが、その一本に目をつけた芸能事務所から瑠璃はかなりの高待遇でスカウトされた。遅かれ早かれ瑠璃は世間に知られることにはなったと思うが、現代のネット社会はその流れを加速させている。

つい先日二十歳になった瑠璃は、本名の読み方のまま「ルリ」という芸名で活動を続けており、現在も学業と並行して大小様々な雑誌のモデルを務めている。インフルエンサーとしても多大な影響力を持ち、同年代からの憧れの存在になっている。SN

Sの累計フォロワーは百万人をゆうに超えており、生誕祭などと称した単独イベントを開いても、相当数の来場が見込める人気ぶりだった。

瑠璃のような妹が家族にいれば、両親の愛情は当然私には向けられない。私は両親にとって、自分達のコンプレックスをそのまま映し出している忌むべき存在でしかなかったのだから。

幼少期はそれほど露骨に対応を分けられることはなかったと思う。しかしながら、私が幼かったから気づけなかっただけかもしれないと言われればそうなのかもしれない。思い当たる節は数えればキリがないのですぐにやめた。

愛してもらえなかったのも、きっと容姿だけが理由ではない。頭の出来も、運動神経も、コミュニケーション力や作法も、ありとあらゆる面で私は瑠璃に劣っていた。ただでさえ不細工な私は、愛想笑いすら碌《ろく》に振る舞えない。自分の笑った時の顔が心底嫌いだったのだ。

唯一瑠璃に優っているものがあるとすれば、私の顔や体型に似つかわしくないほど大きく成長した胸のサイズくらいのものだろう。それも宝の持ち腐れとしか言いようがない。必要のない人間に、機能性以上必要のないスペックのものを持たせても中傷の的にしかならない。そもそも私には、機能性なんてもの今後必要になることはないのかもしれないとすら思う。

成長期に入って胸が大きくなり始めた小学校高学年の頃には、無自覚に性に目覚め始めた同級生の男子から揶揄《からか》われたり、酷い時は悪戯で触られたりもすることも屡々《しばしば》あった。

中学、高校と上がっていくにつれて流石に直接触られるような身体的な被害はなくなったが、やり口は段々と陰湿になっていく。廊下ですれ違う男子生徒が仲間内で卑猥な言葉で私を嘲笑っていたり、一度も男性経験がないのに「頼めば誰でもやらせてくれる」なんて根も葉もない噂が流されるようになった。

学校に友人が全くいなかったわけではない。幸いなことにいじめが横行するような学校ではなかったので、男子から向けられる好奇の視線を除いては、家にいるよりも穏やかな時間を過ごせた。

とりわけ高校時代の三年間をよく一緒に過ごしていた二人は優しい子たちだった。

自分すら愛してあげられない私の容姿を嘲《あざけ》ることもなく、半ば投げやりになって「私はブスだから」と度々自虐してしまう私に、「そんなことないよ！」といつも気遣いの言葉をくれた。

だが、彼女たちもまた、私に向けて「可愛い」や「綺麗」という言葉を一度たりとも使わなかった。

私のような人間には中途半端な慰めは却って毒になる。思ってもいないことを口にして褒めたふりをされるくらいなら、何も言われないくらいの方がマシだと思えた。それは紛れもない本音であり、嘘偽りない気持ちだったが、朧げながらにも気を使われている事実がそこにあり続けることに苦痛を感じてしまい、彼女達とも高校卒業を境に会っていない。

次第に身近な人と関わるのを避けてしまうようになってしまった。大学に入ってからの四年間近く、まともに友人と言える存在ができていない。

付け加える必要もないかもしれないが、恋人なんて特別な存在は私にできるはずもなかった。

私にも恥ずかしながら欲求はある。それは、友人に恵まれた楽しいキャンパスライフを送りたいという欲求であり、瑠璃のように不特定多数の人から「可愛い」と思われたい欲求であり、誰かから私という存在を求められ、愛されている実感を得たいという欲求であった。

恐らくはこれからも満たされることはないのだろうと思っていた。かといって、悲劇のヒロインを演じてみたところで、私に同情を寄せる物好きはきっと存在せず、虚しくなるだけだと悟っている。

私が自分の身体の写真をＳＮＳに載せるようになったのは、そんな不相応な欲求によるものだった。

きっかけはいつだって、他人から見れば些細なものだ。

昔から趣味だったアイドルに関する投稿だけを見るように保有していたアカウントのタイムラインに、自分の下着姿や裸で局部だけを隠すようにした写真を載せているアカウントの投稿が流れてきたのが始まりだった。

吸い寄せられるようにアカウントのメディア欄を見てみると、大胆にも性行為に及んでいる写真や、局部のみをモザイク加工して、男性器を愛撫している動画なども投稿されていた。

アカウントを見つけた当時は知らなかったが、彼女のように素性を明かさずに、自身を性的コンテンツとして投稿しているアカウントは無数に存在していた。いわゆる

「裏アカ女子」と言われる類のものだ。

彼女の投稿しているリプライ欄は見るに耐えない惨状だった。

彼女の派手な投稿に性的興奮を覚えた男達は、どの動画や写真にも彼女の顔は写っていないのにもかかわらず、アピールのためなのか、認知のためなのか、「可愛い！」なとど適当なコメントを残し、「エロすぎる」とか、「俺のも舐めて欲しい」とか「どこに行ったら抱かせてくれますか？」といった、欲望丸出しで低能なコメントを恥ずかしげもなく残していた。

まるで、雌《メス》に向かって求愛行動を仕掛ける発情期の野生動物を見ているようだと思った。

不思議なことに、私は彼女に寄せられる欲望丸出しのふしだらなコメントが、羨ましいと思った。

理由は私も上手く説明できない。ただ、どんな形でもいいから、自分に対して好意的な感情を向けられてみたかったのかもしれない。

「どうせ私なんか」と高《たか》を括っていたが、予想していないことが起きた。簡単なプロフィールと共に投稿した自身の下着姿の写真は、リポストが繰り返され、一万以上のインプレッションと百件以上の「いいね」がつけられるなど、これまで私がしてきたどんな投稿とも比べられないほど多くの人に閲覧された。

　あまりの拡散速度に恐怖すら感じて投稿を削除しようか迷っていた時、一件のコメントが届いた。

『可愛いです！』

　人生で初めてのことだった。単純な女だと笑われてもいい。そのたった一件の「可愛い」という言葉を私がどれほど欲していたのかなんて、誰にも分かってもらえないのだから。例え、素性を知らず、顔すらも見たことがない赤の他人からの回線を通した電子信号だったとしても。

　一枚目の投稿を皮切りにして、次第に身体の写真をＳＮＳに投稿する頻度は上がっていった。アイドルの投稿を見るのが本来の趣旨であったアカウントは、ものの一週間で見る影もない姿に変わった。

　誰が見ているかも分からないネット上に、自身の裸体を晒すことへの抵抗感は勿論あったが、写真やポストを投稿することで得られる周囲からの反応が、その壁を易々と超えさせてしまった。

最初に見かけた「リリカ」という裏アカ女子の投稿する写真を参考にして、様々なポーズや格好の写真を投稿した。時にはフォロワーからリクエストされたコスプレをした写真も載せた。

次第に閲覧数は増えていき、フォロワーはある時を境に急増した。写真を載せなくても、「おはよ」と簡素にポストを投稿するだけで、かつて「リリカ」さんの投稿に寄せられていた頭の悪いコメントが数十件届くのが当たり前になり、ダイレクトメッセージも、毎日不特定多数から届くようになった。

つまらない簡素な自己紹介や、碌に話してもいないのに会うことをせがんでくる人が殆《ほとん》どだったが、時折思わず笑ってしまうようなメッセージを送ってくれる人もいた。

とりわけ最初に私の投稿に『可愛い』とコメントをくれたアキくんという同い年の男の子とは、タメ口でメッセージのやりとりをするほどに距離が近づいた。

『今度の日曜日さ、暇なら会わない？』

彼からそんなメッセージが届いたのは、私が最初に写真を投稿してから一ヶ月が経った頃だった。

このアカウントで繋がった人と対面するということが何を意味するのかは分かって

いるつもりだった。

別に悪い気はしなかったし、寧ろ私も彼と会って情事に及んでみたいとすら本気で思っていた。でも、リアルで会うということは、まだ一度も見せていないこの顔を見せなくてはいけない。

会った瞬間に何を言われてしまうのか。その時のことを想像すると、なかなか気持ちに踏ん切りをつけて会いに行くことができない。

「私、君が思っている以上にブスだし、処女だけどいい？」

一度会って嫌われてもいいから会ってみたい。思いのほか強くなった感情が抑えきれず、これで断られるなら忘れてしまえばいいのだと言い聞かせながら、私は彼に返信をした。

返事は良い意味で裏切られてあっさりときた。

『俺もそんなにかっこいいわけじゃないし、それでもいいなら会ってみたい。ダメかな？』

彼の返信が来てからも、本当に大丈夫なのかと少しだけ悩んだ。いや、本当は悩んでいるふりをしているだけなのだと、自分でも分かっていた。この後どんな返信をするのかなんて既に決まっていたのだから。

『日曜日の十四時からとかでもいい？　行きやすい場所とかある？』

『ほんと⁉　嬉しい！　新宿《しんじゅく》だったら一本で行けるけどどう？』

『私も新宿なら二十分くらいで行けるよ』

『ありがとう！　じゃあ東口に集合にしよっか』

約束を取り付けた後も、彼と対面することへの怖さはなくならなかった。会って幻滅されて、その場で適当な言い訳をされて帰られてしまったらと考えると、会いに行くのを躊躇《ため》らってしまいそうだ。それでも、私の中をぐるぐると巡っている妄想の中では、自分の満たされることのなかったふしだらな欲が少しでも満たされるんじゃないかという期待の方が大きくなっていた。

約束の日曜日、新宿駅東口で待ち合わせたアキくんは、私の姿を確認するとメッセージからイメージしていたものと同じ柔らかな雰囲気の笑みを浮かべながら、「なんだ全然可愛いじゃん」と私に言った。

自分がどれほど頬を赤く染めているのか、鏡を見なくても分かるほど高揚しているのを感じた。

初めて訪れたラブホテルという場所は、私が想像していた「性行為をするだけが目的の簡素な空間」というイメージよりもずっと豪華で、一般的なビジネスホテルなんかよりもアメニティや装飾は余程充実していて、異国のリゾート地を思わせるような空間だった。

「俺もそんなに慣れているわけじゃないから」とアキくんは言ったが、パネルから部屋を選んだ時の無駄のなさも、この期に及んでも羞恥から裸体を晒すことを躊躇う私の服を脱がせ、下着のホックを外した時の指使いも、私からすればとても場慣れしている類のスムーズさだと思った。

文面から滲み出ていた優しさは、彼の一挙手一投足に現れていた。緊張で固まる私の身体を、丁寧にゆっくりと時間を掛けて愛撫した。僅かに痛みを感じた時は、その微妙な反応を見逃さずに、「大丈夫?」と動きを止めて気遣ってくれた。アキくんは何度も私の目を見ながら「可愛い」と言ってくれた。

彼の優しさも相まってか、最初は異物が体内を穿《うが》ってきたような違和感と、裂かれるような痛みが伴っていたのに、アキくんが一度目の射精を終える前には、微弱な電流が身体を走るような快感を覚えるようになり、二回目、三回目と回数を重ねていくにつれて、その快感は強く全身を支配していった。

アキくんは、繰り返し何度も、何度も、私に「可愛い」と言い、その言葉が耳元で囁かれるたびに、私の乾いていた器が潤っていくのを感じた。

「あぁ、もう、もう戻れないかもしれない」

そんなことを思いながら、私は快感に溺れたのだった。

アキくんと会ったことで、私の中の何かの堰が切れた。以降、アキくん以外の仲良くしていたフォロワー達とも身体を合わせ、撮影した動画を投稿し、動画が拡散されたことで新たな人の目に留まり、また別の人に抱かれてを繰り返した。

全員がアキくんのように優しい人ばかりというわけでもない。碌に前戯《ぜんぎ》もしないで挿入してくる人がいたり、避妊具をつけずにそのまま中に出してくる人もいたり、自分がしたいプレイを強要してくる人がいたり、財布のお金を抜き取られるようなことがあったり、それなりに酷い目にもあった。それでも、身体を合わせることで得られる快感と抱き寄せられた時に感じる自分以外の人の温もり。行為中に囁かれる「可愛い」という言葉が、私の思考を停止させる。

そんなものが全てまやかしであることは誰よりも分かっている。例え全てが嘘であったとしても、性欲を満たしたいだけの取り繕った言葉だったとしても、誰からも見てもらえない寂しさから逃れられ、今まで感じられなかった「愛されている実感」を得られるのであれば、「可愛い」という言葉に騙され踊らされたまま、ただ馬鹿な女でいたかった。

頻繁に朝帰りをするようになった頃、リビングで偶然瑠璃と居合わせた。「最近なんかあった？」と私に声をかけてくる瑠璃。特別仲が悪いわけでもないのに、多忙な妹と話すのは随分久しぶりのことだった。

仕事を終えて早朝にタクシーで帰宅してもなお美しさを失わない妹と、本名すらも知らない男に抱かれて、虚構の愛情と言葉に舞い上がっている朝帰りの私。その構図が居た堪れなくて、私は「なんにもない」とそっけなく言って、自分の部屋に戻って眠った。

私はただ、愛されたかっただけだ。普通の女の子みたいに、恋をして、お洒落をして、「可愛い」と言われたかった。周りよりも出来損ないで、大した大学も入れなかったけれど、私なりに努力したことを認めて欲しかった。両親に、私のことも自慢げに話して欲しかった。

願わくば、瑠璃のような存在になりたかった。

私は、本当は瑠璃になりたかったのかもしれない。誰からも求められ、愛される女の子に。

目が覚めると、ダイレクトメッセージが一件届いていた。アキくんからだった。

「今日また新宿で会えない？」

こんなことを続けていても、身体が傷つくだけで何も手に入らないことは分かっている。

それでも私は、この偽物の愛情で自分を騙しながら、「私は大丈夫」と偽っていくことしかできないのかもしれない。

「暇だから会えるよ。いつもの東口のホテルでいい？」

私はアキくんに返事を送り、化粧をするために洗面所に向かった。

完璧な少女

岡田《おかだ》　瑠璃《るり》

それなりに恵まれた容姿を持って生まれてきたという自覚は昔から少なからずあった。

幼少期の頃、まだ「可愛い」という言葉の意味をきちんと理解できていない頃から、大人になっていく過程の中でも、私に向けてその言葉が発せられることが日常茶飯事だったからだ。

容姿が優れていることで受ける恩恵は確かに多かったが、私は自分の容姿には無頓着で、化粧やお洒落にはあまり興味がなかった。

だが、私が何をしても家族や親戚の人は「瑠璃ちゃんは可愛いねぇ」と褒めてくれたし、学校の友達は私がどんな私服を着ていても羨ましそうに声を上げていた。

自分の容姿が世間一般に見てもかなり整った方であることを明確に自覚したのは、高校二年生になったばかりの頃だった。

その当時、TikTokというショート動画を投稿するＳＮＳが若者の間で爆発的に流行しており、友人に誘われてアカウントを作り、ぎこちないダンス動画を投稿したことがきっかけだった。

動画は瞬く間に再生回数を伸ばし、投稿して僅か三日余りで百万回再生を記録した。

「いいね」とリプライは信じられないほどの数が寄せられ、その殆どが私の容姿に関するものだった。

関連でリンクを掲載していたSNSのアカウントは、一瞬でフォロワー数を数千に伸ばし、この動画に目をつけた若者のインフルエンサーをマネジメントする事務所からスカウトの連絡が幾つも届いた。

浮かれた両親に連れられ、六本木《ろっぽんぎ》ヒルズ森《もり》タワーの中にあるマネジメント事務所に行き、簡単な説明を受けて所属契約を結んだ。

たった一本の動画で、私の人生は激変したのだ。

事務所やマネージャーの指導を受けながら本格的にSNSの投稿を始めてからの反響は、自分の想像を遥かに超えるものだった。私の容姿は、自分が思っている以上に恵まれたものだったらしい。

一つ投稿をするたびに百人単位でフォロワー数を伸ばし、ネットニュースに『可愛すぎると話題の女子高生』と銘打って取り上げられることもあった。

反響と共に仕事の幅も広がった。最初は小さなWEB媒体の広告モデルを務める程度だったが、次第に誰もが知っているような女性ファッション雑誌に取り上げられ、特集ページが組まれたこともある。

　二十歳になったばかりの夏には、同じ雑誌の表紙を飾らせてもらった。その頃には私が同世代の人、特に女性に与える影響は多大なものになり、大きな企業のＰＲ案件や、化粧品の広告を任せてもらえるようにもなった。

　目立つことはそれほど好きではなかった。学校では比較的教室で大人しくしているタイプだったし、静かに本を読んでいる方が性に合っていた。人前に出る仕事を始めたことで、それなりにプライベートは侵食され、頑張って勉強をして入学した大学も二年生の後半からあまり通えなくなってしまったのも寂しくはあった。

　有名になることは良いことばかりではなかった。見ず知らずの人から心ないメッセージが届くこともあるし、縁があって関《かん》コレに出場させてもらった時は、一般人がモデル気取りをするなと誹謗中傷を受けたこともある。でも、仕事をすること自体は嫌いじゃなかった。任せてもらえることは嬉しかったし、誰かから憧れられる存在でいるのも悪い気分ではなかった。だから多忙の中でも続けられたし、これから先、活躍の場を更に広げていきたいという展望もある。

　華やかな生活に翳《かげ》りが差したのは、その年の冬のことだった。

撮影の移動中、何気なく開いたＳＮＳのトレンドワードに自分の名前が挙がっていた。普段はエゴサーチなんて滅多にしないが、その時は偶然目について開いてしまった。

「何これ……」

私はトレンドに羅列された投稿を見て唖然とした。

『話題のインフルエンサー〝ルリ〟の流出動画』と書かれた投稿は、いつしか私が自分のＳＮＳに投稿した写真と、裸の男女がキスをしている写真、それと生々しいセックスをしている動画が添付されていた。

どちらもはっきりと顔は映ってはいない。だが、投稿主は私の首元に生まれつきある痣《あざ》と、キス写真と動画に映っている女の子の首元にある痣が形も位置も全く同じだと主張していた。

写真と動画は物凄い勢いで拡散されていく。事態を把握したマネージャーはすぐに会社に連絡を取り、投稿の削除と炎上鎮火に向けて動き出したが、ＳＮＳは大いに荒れ、フル尺動画の転売をする悪質なアカウントが動画を拡散し始めたことで、収拾がつかなくなっていた。

その影響は私の個人アカウントにまで飛び火していた。

「清楚な見た目なのにやることやってんなぁ笑」

「可愛いインフルエンサーなんて同業の男とヤリまくりでしょ！」

「友達の知り合いがルリと同じ高校だったらしいんだけど、学校ではクソビッチで有名だったってさw」

最新の投稿のコメント欄は勝手な憶測と根も葉もない噂話で埋め尽くされていた。

ダイレクトメッセージでは更に過激な内容の文章が大量に送られてきており、気分が悪くなって思わず口元を押さえてえずいてしまった。

その日はとても仕事を続けられる状態に戻らず、結局事務所を経由して先方に断りを入れた。先方も状況を把握していたらしく、あっさりと受け入れてもらえた。

一度ネットに拡散されたものは、例え真偽が分からないものでも簡単には鎮火しない。その日以降も、私の流出動画とされる投稿は拡散され続け、事務所からの正式な文章を公開しても、火に油を注いだように更に話題が大きくなった。

私はあらゆることに疑心暗鬼になってしまい、残っていた仕事をこなせる精神状況ではなくなってしまい、一時的に活動休止を余儀なくされた。

事務所側から公表する情報には制限をかけていたが、拡散されたものの中で、唯一本当に私が映っていたものがある。裸の男女がキスをしている写真だ。隣に映っていたのは、私がまだこの仕事を始める前、高校一年生の頃に付き合っていた男だった。私は恥を忍んでそのことをマネージャーに打ち明け、事態の真相解明に向けて会社が動くこととなり、捻じ曲がった事実を世間に拡散させたアカウント主の開示請求を行うことになった。

とはいっても、開示請求を行ってから実際の発信者の情報が分かるまでは早くても半年以上の時間が必要とのことだった。

私は活動休止中ではあったが、自身のSNSで開示請求の対応中であることを報告した。応援してくれている多くのファンからは沢山の応援メッセージが送られてきて、思わず涙が溢れることもあった。

しかし、事態をきっかけに私のことを知った人や、面白おかしく騒ぎ立てる層も多い。開示請求の結果が来るまでの期間にはストーカー被害に遭うことも増え、外を一人で歩けなくなった。酷い時は精神安定剤を服用するほどにすり減ってしまった時期もあった。

自力では解決できない問題の多くは、時の流れによって自然と風化していくものらしい。

あれだけ私を取り巻く日常を荒らしていった流出騒動も、気づけば当たり前の日常の中にあった一つの出来事として忘れ去られていき、身の回りの人も含めて誰も口にしなくなっていた。

開示請求の結果が届いたのは、騒動が起きてから半年ほど経った頃だった。

写真を拡散させたアカウントの持ち主は市野未央《いちのみお》という女性で、高校二年生の時に私がこの仕事を始めるきっかけになった動画を一緒に撮影したかつての級友だった。

私はてっきり写真を自ら撮影し保有していたであろう元恋人が投稿したものだと思っていたので、思いがけない人物の登場に驚いた。

未央は高校を卒業した後はアイドルの養成所に通ってメジャーデビューを目指して活動を続けていたらしい。だが、三年続けても芽が出ず、所属のアイドルグループが解散することも決まり、腹いせに写真を拡散したと聞く。

『私がルリになるはずだったのに』

動画が拡散される数ヶ月前に、未央が自身のＳＮＳで前触れもなく投稿してすぐに消したものだとネットニュースで話題になっていた。

私が未央に対して直接何か手を下したわけではない。気まぐれで未央が「TikTok撮ろうよ」と私を誘って、偶然私が世間から選ばれてしまっただけだ。私が強く望んでいたわけではない。それでも、私だけが選ばれてしまったという事実が、未央を深く傷つけていたのだと私は思わざるをえなかった。だが、未央が私を深く傷つけたのもまた事実だった。

「私はこれ以上この件に関わることはやめますね」

それだけマネージャーに告げると、私は次の撮影現場に向かった。未央のその後は知らない。

明け方、タクシーで家に帰るとリビングで姉の愛子に会った。見たところ、愛子もついさっき帰ってきたばかりみたいだった。

「あ、おかえり」

愛子はどこか気まずそうにしていた。

「ただいま。まだ起きてたんだね」

思えば、愛子と話すのは随分久しぶりな気がした。決して仲が悪いわけではない。

寧ろ幼い頃はとても仲が良い姉妹だったと思う。いつだったか、両親が露骨に私と愛子への対応を分けるようになった頃に広がってしまった亀裂が、私と愛子との間に微妙な距離感を保たせていた。以前のような関係に戻りたいと思っても、この歳になってしまうと、今更きっかけを見出すことも難しい。

世間の話題に無関心な愛子は、きっと私の身の回りに起こった事態を知らない。私は何も知りませんという顔をして、無頓着なまま生きていられる愛子のことが心底羨ましいと思った。

私が愛子だったら、愛子になれたらこんな目に遭わなくて済んだのだろうか。

一瞬邪険なことを思い浮かべてしまい、すぐに頭《かぶり》を振った。

きっと愛子が一番言われたくないことだと、身近で育ってきた私が一番よく分かっているはずだった。

そういえば、愛子は最近朝帰りばかりしていると先日母が小言を漏らした。

「あんな醜女《しこめ》と遊ぶ物好きもいるんだねぇ」と母は酷い言いようだった。

私は水を飲んでいる愛子に話し掛けた。

「最近なんかあった?」

私は愛子のことが心配だった。どこかの悪い男に騙されているのなら、私のような目に遭う前に助けてあげたいと思った。だが、愛子の態度は酷くそっけないものだった。

「なんにもない」

それだけ告げると、姉は自室に戻ってしまった。

私達の関係はもう修復できないところまで引き裂かれてしまっているのだろうか。

それはとても寂しいけれど、生きていくという事は、もう後戻りができないということなのかもしれない。

夢を叶えられなかった腹いせに私を陥れようとした未央のように。

私は選ばれた道をただ生きていくしかないのかもしれない。

夢は
アイドルに
なることだった

市《いち》野《の》 未《み》央《お》

将来の夢は「誰もが知っている国民的アイドルになる」こと。

十二歳、小学校六年生の夏休み。横浜《よこはま》アリーナで行われた、とあるアイドルの単独ライブを見たあの日から、ずっと変わらない夢だった。

友達のお父さんが広告代理店で働いていた関係で偶々ライブのチケットを三枚貰い、特段興味はなかったが、夏休みで毎日とにかく暇を持て余していた私と友達が、そのお父さんの引率でライブを見に行った。「アイドル」という存在に憧れたきっかけは、そんな偶然の産物だった。

昔からキラキラしたものが好きだった。シールとか、デコレーション用のラメとか、セットに一枚ずつだけ入っている金と銀の折り紙とか。特に、母が寝室の化粧箪笥《たんす》の中にしまっていた0・5カラットのダイヤがついた指輪はお気に入りだった。母が日中仕事でいない間にこっそり指輪を身につけるのが密かな楽しみで、ブカブカの指輪をまだ細くて短い左手の薬指につけては鏡に映るダイヤを指に纏う自分の姿を見て誰よりも高貴で特別な大人の女性になった自分を妄想していた。

他のものよりも特別輝いていて、唯一無二の価値がある存在に、私は無意識に憧れていたのだ。

そんな私がアイドルという存在に魅せられ、また志すことになったのは、あるいは偶然の出会いによるものではなく必然の出来事だったのかもしれない。

二万人近くの大観衆の悲鳴や怒号に近い黄色い声援に包まれながら、真夏の横浜アリーナのステージでスポットライトに照らされた彼女達の姿を見て、なんの違和感も抱くことなく、自分の姿を重ねて、その場所から見る景色を想像することができた。

私がいるべき場所はあの光の下にしかない。誰に洗脳されるわけでもなく、人生を懸けて目指す場所を決めるには、たった一度で十分すぎるくらい強烈な出会いだった。

容姿にも、勿論愛嬌にも自信があった。何より、私は私を一番可愛く見せる方法を知っている。学校の男の子達の大半は私のことが好きだったし、先生は他のクラスメイトが宿題を忘れてくると酷く怒っていたのに、私は怒られたことがない。

可愛いというのはある意味で正義だ。それだけで許されてしまうことも、優遇されることも多い。

当時からそんなことを打算的に考えることができていたわけではない。ただ、幼心に世の中はみんなが横串で手を繋いで平等に生きていけるほど寛容にはできていないことを悟っていたとは思う。

そして私はいつも優遇される側だった。だからこそ、私は人よりちょっと特別なんだと思い込んでいた節がある。甘やかされて育った典型的なシンデレラガールだった私は、自分がアイドルになって世間から愛され続ける存在になることが当たり前であると少しも疑わないくらいには、自分という存在に自惚れていたのだ。

中学生になってすぐ、ライブに連れていってくれた友達のお父さんの紹介で幾つかの芸能事務所や一般公募を受け付けていたアイドルのオーディションを受けた。その中には、かつて私がこの道を志すきっかけとなったアイドルグループの追加メンバーの募集もあった。要項に記載があったのは、満十三歳以上の女性のみ。オーディションを受けない選択肢が私にあるはずがない。当然自分は選ばれるはずだという不可解なくらいの確信があったのだから。

しかし、結果は思った通りにはならなかった。初めのうちに受けていた幾つかの大手事務所は、あっさりと面接で不合格を突きつけられ、追加メンバーのオーディションに関しては書類選考すら突破することができなかった。

他人から通知として否を突きつけられたことがなかった私は、事務所の見る目のなさに嘆息したり、紹介者である友達のお父さんに責任をなすりつけたりする始末で、どうして自分を選んでもらえなかったか、全くその理由が分からなかった。

なんとか渋谷《しぶや》にある小さな事務所には所属できたが、そこからもまた現実を突きつけられ続けることになる。事務所に所属して活動を始めさえすればすぐに人気者になれるだろうと高を括っていたが、そんなに甘く簡単な世界ではなかった。表舞台に立つことを志すスター候補者だけで何万人といるこの世界では、浮上のきっかけを掴めないまま沈み消えていくなんて当たり前のことだったのだ。

経歴のためにと受けたオーディションは幾度となく落ち続け、定期的に応募を募っているアイドルのメンバーに選ばれることもなく、デビューする機会なんて一度もないまま数年が過ぎた。

同じ事務所に所属している自分よりも不細工で、演技力も愛嬌もない同い年の子が次々と大きな仕事を獲得していくのに、私に割り当てられる仕事は、誰が見ているかも分からないフリーペーパーの端っこの広告とか、十秒もセリフがないクラスメイト役とか、不必要とも思えるほどの脇役ばかり。

「貴方は貴方のためにしか表現ができていないの」

いつだったか、ダンスのレッスンを担当してくれていた先生にそんなことを言われた。それの何がダメなのか私には見当もつかない。自分が光の下にいたいからアイドルを志すことの何がいけないのだろう。

ただ悪戯に時間が過ぎ去り、焦りだけが積もっていった。

我ながらメンタルだけは人一倍強靭なものだと感心すらしていた。数えきれないほど現実を見てプライドは少なからず折られても、あの日からずっと変わらない夢を見続けているのだから。それに、無名でも芸能活動をしていることで同級生からチヤホヤされるのはそれなりに優越感に浸れる。

折れたプライドの代わりにずる賢くなった私は、時折話を盛ったり、嘘をついたりして狭い世界の中だけでも自分が特別であると誇示することで、自尊心を守っていた。虚しさだけが残るだけで何か役に立つわけではないことは分かっていたが、そうせざるを得なかった。

高校に入ってからも、私はアイドルになることを諦めなかった。

その頃には年不相応なレベルまで化粧を覚え、ダンスや歌のレッスンに精を出したことで、より一層自分の魅力を意図した通りに表に出せるようになっていた。

数少ないファンから応援のメッセージを貰ったり、限定的に組まれたユニットでアイドル活動を始めたりしたことも重なって、これまでにはない充実した手応えを感じ始めていた。

瑠璃と仲良くなり始めたのはまさにそんな時だった。

瑠璃は同じクラスの女の子で、少し控えめな子だったけど、私が技術的に意図して作った可愛らしさや愛嬌なんてものが無駄な努力に思えるほど、その美しさは一目瞭然。出会った瞬間に自分よりも「可愛い」と思わず言葉に出してしまうほど可憐な少女だった。

それほどの恵まれた容姿を持っているにもかかわらず、瑠璃は自分という存在に酷く無頓着のようだった。それがまた彼女に品位を纏わせており、高嶺の花という言葉がこれ以上ないほどよく似合う。

私が喉から手が出るほど欲しい特別さを彼女は持っていた。

本音を言えば、瑠璃に声を掛けたのは打算的な計画があったからだ。

今の時代、事務所の力やオーディションで他人に選ばれることだけが有名になる道ではない。ＳＮＳでバズって有名になり、大きな影響力を持てば勝手に仕事が来るようになる。

現にインフルエンサーなんて仕事が世の中に誕生したり、TikTokでダンス動画を投稿していた女の子達が事務所に声を掛けられてアイドルグループを結成したりするなんてことも近年ザラにある。

オーディションで選ばれないなら、見つけてもらえる場所や機会を増やせばいい。至極単純な話だと私は思った。しかしながら、自分一人で投稿した動画は全くと言っていいほど伸びず、その線も諦めかけていた。

だったら瑠璃を利用すればいい。そんな突拍子もない考えで、私は瑠璃に声をかけたのだ。

野良猫のように警戒心が強い瑠璃と時間を掛けて仲を深め、普通の高校生が当たり前のようにする提案を装って、TikTokで一緒に動画を撮ろうと瑠璃を誘った。

私の胸中には、何もしなくても特別感を纏っていられる瑠璃への嫉妬の念が少なからず芽生えていたけれど、どんな手段を使ってもいいから、私は光の当たる場所に立ちたかった。かつて憧れたステージに立てるのであれば、それ以外の問題など些細なものでしかない。

でも、またしても私は現実に裏切られることになる。

私が望んでいたのは、自分がスポットライトを浴びることだったのに、彼女と一緒に撮影して投稿した動画で世間から注目されたのは、私ではなく瑠璃の方だった。

彼女が投稿した動画はすぐにバズり、フォロワーはあっという間に数万人にもなった。

彼女が投稿するたびに、コメント欄は「可愛い」「天使みたい」といった賞賛で溢れていた。だが、私に関するコメントはどれだけスクロールしていっても殆ど見つけられない。

瑠璃はすぐに幾つかの事務所のスカウトの目に留まり、そのうちの一つである六本木《ろっぽんぎ》の事務所と所属契約を結んだ。そこは所属するだけで「可愛い」というステータスが手に入ると業界で話題になっていた事務所で、中学生になったばかりの私が面接にすら辿り着けなかった憧れの事務所だった。

人一倍思いがあって、何年ももがき続けてきた私は浮上の兆しが見えず溺れたままなのに、どこにも行こうとしていなかった瑠璃だけが世の中に選ばれ、手の届かないところまで昇っていく。

私が欲しかったもの全てを、コンビニに置かれている商品をカゴに入れていくかのように簡単に手に入れながら。

「なんで……、なんで私じゃないの？」

　何度も、何度も、瑠璃が投稿した動画のコメント欄を覗きながら呟き、瑠璃を称賛する全てのコメントに低評価をつけていった。そんなことをしたってなんにもならないことなんて、誰かにわざわざ言われなくたって分かっていた。だが、そうでもしないと瑠璃への嫉妬で気が狂ってしまいそうだった。瑠璃の全てを奪ってしまいたい。そんなことを本気で考えてしまい眠れない夜も何度かあったくらいに。

　諦めてしまえばどれだけ楽だろうか。十二歳の夏にアイドルになることを志してから一度も考えなかったことが、時折頭に浮かぶようになったのも、多分この頃だったと思う。

　それでも懲りなかった私は、高校を卒業してから進学も就職もせずに芸能活動に専念することを決めた。私がすることに一度も反対してこなかった両親も、この時ばかりは流石に困惑の色を隠せず反対の意思を示した。

「せめて大学に通いながらじゃダメなのか？」と父は言い、「普通の女の子でも幸せになれるのよ」と母は言った。

叶いそうにもない夢を無謀にも追い続ける娘の将来を案じる両親の悲痛の叫びが、その言葉に込められている気がした。

仕事の収入には期待できなかったので、事務所の近くにある二十四時間営業のカラオケ店でバイトを始めた。それと同時に、アイドルを志す人専門のレッスン教室にも通い始めた。その場所は、私が憧れていたアイドルグループの卒業生である滝本日向《たきもとひなた》さんが運営と同時に講師を務めている養成所で、経験豊富な指導者と幅広い人脈を活かしてデビューまでバックアップしてくれる万全の体制が整った最高の環境だった。入会費も月謝も相応に高かったが、なけなしの貯金をはたいても痛くはなかった。足りなかった分は両親に頭を下げてお金を借りた。その時は、流石に胸が痛んだ。

いつの間にか、もう後には引けないところまで来てしまっている。そんな感覚がした。

だが、私の場所は彼処にしかないのだ。

今更それ以外の生き方なんて私は知らない。

最後の悪あがきを始めて三年ほど経ち、アイドルに憧れた十二歳の私は、いつの間にか二十二歳になろうとしている。もう最年少の妹キャラも、ピチピチの十七歳なんてキャピキャピした自己紹介もできない。

　この三年間は滝本さんがプロデュースをした地下アイドルとして活動していた。しかし一向に知名度は上がらず、メンバーは何度も入れ替わりを続け、ライブをしても、会場には固定のファンが数人しかいない壊滅状態になり、ついには事務所に見放されて今春限りで解散することが決まった。

　地下アイドルなんて、いつかメジャーデビューして有名になるための通過点だと思っていたけど、私にはもうその「いつか」が訪れないことに気づくにはもう十分な時間が過ぎていた。

　最後のライブを終えてから自宅に帰り、テレビをつけると瑠璃がアンバサダーを務める高級化粧品のCMが流れた。瑠璃は益々綺麗になり、着々と憧れの女性の地位へ登り詰めていっている。

　思わず「いいなぁ」と邪気を纏った言葉が出た。知らない間に頬には涙が伝っている。

「私が輝くはずだったのに……私がスポットライトを浴びるはずだったのに……」

　その激流のような嫉妬心に駆られて、私は瑠璃を貶《おとし》めるためのスキャンダルをでっち上げた。

高校時代、当時瑠璃と付き合っていた恋人の明希《あき》と仲が良かった私は、彼がカメラロールに瑠璃とのキスショットを保存していたのを知っていた。今でも交流がある明希を飲みに誘い、酔った勢いでホテルに連れ込んで、どさくさに紛れて彼のスマホから写真を抜き取った。

その写真と共に、明希と撮影したハメ撮りを添えて、「話題のインフルエンサー〝ルリ〟の流出動画」と銘打ってSNSに投稿した。瑠璃の首元にある生まれつきだと言っていた小さな痣をフェイクメイクで作り上げるほど徹底的に計画した犯行だった。

この動画が万が一拡散され、発信者である自分が特定されればどうなるのか想像できないほど馬鹿ではない。これはただの八つ当たりで、一時的にでも瑠璃を今の地位から引きずり下ろすことができれば、それ以外どうでも良かったのだ。少しでも彼女に勝った気分になりたかった。

私が予想した以上に、その投稿は瞬く間に拡散された。ネットの力は味方にできれば頼もしいが、牙を向けられれば、執拗にターゲットを叩き続ける悪魔になる。これまで一度も味方になってくれなかったその力が、奇しくも初めて力を貸してくれたように感じた。

瑠璃のファン達だけでなくメディアも大騒ぎ。私の投稿は見たことがないほど強烈な勢いで、遠いところまで広まっていき、事態の収集がつかなくなった頃、瑠璃は事務所を通じて活動休止を発表した。

そのニュースを見た時、胸中を占めるドス黒い嫉妬心がスッと引いていくような解放感があった。私は瑠璃に勝ったのだ。思わず自分でも引いてしまうほど、残忍で卑劣な笑い声をあげながら泣いた。

瑠璃はすぐに反撃に出た。彼女の所属事務所が動き、発信者に対して法的措置を取ることを、彼女は自らのSNSでファンに報告した。

何故かは分からないが、その投稿を見た私は不思議と少しも狼狽《ろうばい》しなかった。

朝、自室で目が覚めてから夜中に投稿されていた瑠璃の投稿を確認し、何事もなかったかのように朝食を食べて、身なりを整えてから自宅を出た。いつもと違ったことといえば、体型維持のためにと食べるのを我慢していたマーガリンをベタ塗りにしたトーストを三枚も食べたことだけだ。

今日はレッスンもなければ仕事の予定もない。久しぶりに好きだったケーキでも食べに行こうと、呑気に考えながら駅に向かう。心なしかいつもより足取りが軽いような気がした。

こうなることが分かっていたからなのか、そうあるべきだと思っていたからなのか。もしかすると、どこかでそうなって欲しいと願っていたのかもしれないとすら思う。開示請求はすぐに行われるだろう。私が発信者であることが判明するのは時間の問題だ。

全てが終わる。そう感じた。

「人気アイドルになりたかった少女が、嫉妬からスキャンダルを捏造した」として、望んではいない形で世間の注目を浴びることになるであろう私は、その瞬間に何を思うのだろうか。

恥ずかしさと惨めさのあまり、ここではないどこかへ逃げ出したくなるのだろうか。それとも、世間から注目されることでヒール的な特別感を味わうことに優越感を覚えるだろうか。

いや、恐らくはそのどれでもない気がしている。

私はただ、夢を諦める理由が欲しかっただけなのかもしれない。

いずれにしても、すぐに答えは分かる。

住宅街に、朝の八時を知らせるチャイムが鳴り響いた。

私が下を向いている夜

上《うえ》田《だ》　碧《あおい》

メールが届いた。画面の右上に表示される通知のアイコンをタップして件名だけを確認する。

「選考結果のお知らせ」。それだけで中身が何かは容易に想像できた。

もうすっかり見慣れてしまった、不採用通知のメールだ。

私はため息をつき、スマホをベッドに放り投げた。気持ちが沈む感覚も、最近では殆どなくなった。大学三年生の秋頃から始めた就職活動は、今や一年を過ぎ、何度も不採用の通知を受け取ってきた。最初の頃は、どの企業からの結果も一通り読んで反省し、次に生かそうと頑張っていたけれど、今では件名だけを見て、詳細に目を通すことすらしない。

「選考の結果、誠に残念ではありますが……」そんな文面は、もう読み飽きてしまった。テンプレートで今後の活躍を祈られたところで、私の就職活動が突然好転するわけじゃない。

どれだけの企業に応募してきただろうか。最初の二十社くらいは律儀に数えていたけれど、今となっては何通目の不採用メールなのか、もう分からない。数える意味も失われてしまった。

「無能」――以前は不採用という言葉を目にするたび、自分がそう言われているかのような気がして、深く落ち込んでいた。私は何もできないんだ、社会から必要とされていないんだ、という考えが頭を離れなかった。けれど、何度も同じ経験を繰り返しているうちに、その感情さえも麻痺してしまった。今はただ、「またか」と思うだけだ。悔しさすら薄れてきている。

就職するなら絶対に航空業界がいい。私はずっとそう思っていた。理由なんて単純で、幼い頃の夢から派生したただの憧れだ。何度も自己分析を重ね、企業研究もしっかり行い、私なりに万全の準備をして幾つかの航空会社の新卒採用に臨んだ。けれど、結果は不採用。しかも、書類選考すら通らなかった。学歴や誇れる経歴は一つもなかったけれど、面接の機会さえ貰えればこの熱意が伝わるはず。そう思っていたが、如何にその考えが安直なものだったかを思い知らされた。

思い通りにいくことの方が少ない。そんなことは周知の事実として、分かっているつもりだった。けれど、「分かっている」と「分かっていない」の距離よりも、「分かっている」と「分かっているつもり」の距離の方がずっと遠く離れていたのかもしれない。こぞって憧れの業界から不採用という形で突き放されるたび、絶望した。だが、あの時はまだ、自分に期待していたのだ。次こそは上手くいくと、前を向き直すことができたのだから。

「次」なんてものが来ることはなかった。航空業界に未練を残しつつも、幅広く沢山の企業の面接を受けたが、連日同じような不採用通知が届くだけ。せめて一度くらい「内定」という文字が見られれば少しは違ったのかもしれない。私の心は少しずつすり減っていった。

無表情で放り投げたスマホを拾い上げてメモ帳を確認する。残りの手持ちは、二次面接の結果待ちをしている企業一社のみだった。その企業だって特別行きたい会社というわけでも、興味のある業界というわけでもない。今この時期で選り好みなんてしていられないだけだ。

今のうちに手持ちを増やしておかなければと思い、就活を始めた当初からずっと使い続けているアプリを開いて何社か適当なものを選んで、手慣れた作業でエントリーシートを提出する。運が良ければ面接に呼ばれるだろうし、そうじゃなければ書類選考の時点で落とされる。気持ちの切り替えができたわけじゃない。その証拠に、企業ごとに履歴書を書き直す手間すらも掛けられていない。どちらにせよ、最終的には

「不採用」という結果が待っているだけなのだ。無駄に時間を掛ける必要性を感じない。

それでも、就職活動をやめるわけにはいかない。周りの友達は次々と内定を獲得して、選ぶ側の立場に回っている。その事実からくる焦りでもあったが、いずれにせよ時間は待ってくれない。春はすぐに来てしまう。

友人達だって同じ大学で、同じサークルで、似たようなバイトをしていた子達ばかりなのに私との差は、一体どうしてこれほど広がっているのだろうか。

「就活なんてどうやってバレない嘘をつくかでしょ」

そう言った友人の麗奈《れいな》は、私と大して変わらない学生生活を送ってきたはずなのに、履歴書にサークル内での偽の役職を記載したり、実家の自営業の仕事の手伝いを長期インターンシップと書いたり、一週間の海外旅行を短期留学と称して履歴書に書き綴って大手企業から内定を勝ち取った。書くだけなら私にだってできる。だが、面接の場でそれをバレずに上手く話すことはできないし、そんな度胸もない。

世の中を上手く生き抜ける人は、素直で快活で、程よく誇張した嘘をつける人だと私は思う。機転が利くと言い換えることもできるかもしれない。私はその何もかもを備えていない。

惰性で就活アプリを眺めていると、メッセージの着信を知らせるバナーが下りてきた。送り主は麗奈からで、今日の夜飲み会があるけど来ないかという誘いだった。

気分転換にとは思ったが、誰かと顔を合わせたい気分ではなかった。適当な理由をつけて断りの連絡を入れようと返信文を考えている間に、麗奈からもう一つメッセージが届いた。そこに書かれていた参加者の名前を見て、私の心がグッと揺れる。

「場所は？」

気づけばそう送っていた。

「三茶集合」と数秒空けずに麗奈から返信が来る。

「分かった、行く。何時に行けばいい？」

私はそれだけ送ってから出かける支度を始めた。


少し遅れて指定された店に行くと、私以外の三人は既に先に飲み始めていた。何やら隣の席の二人組の女性と打ち解けている様子で楽しそうに話している。

どうやら同じ大学の一つ下の学年の子達らしく、こちら側の一人と二人組のどちらかが知り合いだそうだ。私は簡単に名前だけ告げて空いていた麗奈の隣に座る。

「久しぶり」と聞きたかった声がした。

私に声を掛けてきたのは、私が密かにずっと想いを寄せている渉君《わたる》だった。

六月頃に早々に就活を終えた渉君の髪は以前会った時よりも随分伸びていて、色も黒染めされた私とは対照的に明るいベージュ系の色をしている。

「元気?」と渉君は私に訊いた。

私はさっきまでの憂鬱などなかったかのように、「元気だよ」と朗らかに返した。

だが、ヘラヘラと笑っていられたのは最初だけだった。

渉君の髪色の話の流れで、場の話題は自然と就活の話になった。大学四年生の私達とまさにこれから就活を本格的に始める三年生の二人組が座っているテーブルなのだ。当然といえば当然だろう。

「どんな感じで始めていけばいいんですか?」

特に興味津々といった様子だった短髪の子が、私達全員の顔を見ながら訊いた。

渉君が「とりあえず合説《ごうせつ》でも行ってみて気になる業界探してみるとかからじゃない?」と真面目なアドバイスをして、麗奈は、「行くだけ無駄よ。今時ネットで探せば幾らでも情報手に入るんだから、見つけて気になった企業にフルベットよ」と相変わらずの理論を展開している。もう一人の私達の友人の黒木《くろき》君は、就活にまつわる都市伝説的な眉唾話を自慢げに話した。

「先輩は？」

短髪の子が目を輝かせて私を見ながら訊いた。内心ドキンとしながら、「私のは全然参考にならないから」と冷静を装いながら答える。黒木君が、「それにしても渉も麗奈も凄いよなぁ〜」と話題の矛先を変えてくれなければ、場が少しだけ気まずくなっていたかもしれない。

それからも場の話題は就活の話が続いたが、短髪の子は一言一句メモを取るかのように渉君と麗奈と黒木君の話に食いつき気味で質問をし続けているのに対して、渉君の隣に座っているもう一人の子は、あまり話題に関心がないのか、つまらなそうに時折相槌を打つだけだった。

不意に彼女が渉君に話し掛ける。渉君は賑わう店内で彼女の声を一音ずつ拾うために耳を彼女に近づける。それから渉君が彼女に何かを答えると、彼女は一転とても可愛らしい笑顔になった。

話の内容が気になったが、正面の席とはいえ、ずっと凝視し続けるわけにはいかない。私は麗奈と黒木君と短髪の子の会話に交じっている素振りをしながら、二人の会話に耳を澄ませる。

所々しか聞き取れなかったが、聞こえてくるワードからして、どうやら小説や映画の話をしているらしかった。お互いの趣味嗜好が噛み合ったのか、傍で見てもとても気が合って楽しそうに見えた。

渉君が小説や映画が好きなことは私も知っている。好きな作品を幾つか教えてもらったこともある。渉君の好きを好きになりたくて、教えてくれた作品を何度か見てみたけれど、私には理解ができなかったり、面白いと思えなかったりする作品ばかりだった。

結局、話題作り程度で大した話もできていない。けれど、彼女は渉君を笑わせられるほど対等に話せているように聞こえる。それがとても羨ましくも妬ましくも思えた。

別れ際、渉君と彼女が密かに連絡先を交換しているところを見てしまった。私が数ヶ月かけて漸く《ようや》聞き出せた連絡先を、彼女はたったの数時間で手にしてしまったのだ。

「そういえば今日、中秋の名月らしいよ」

店を出てから頬を薄ピンクに染めた麗奈が言った。

みんなで夜空を見ながら建物に隠れた月を探していると、鞄の中のスマホが揺れた。見慣れた件名のついたメールが一件着信している。二次面接の結果待ちをしている企業からだった。

私が絶望して下を向いている日に限って、世間は夜空を見上げている。そんな錯覚すらさせられる。

就活も上手くいかず、片想いも実らずに終わってしまいそうな「上手く」生きられない私に、これ以上一体何に絶望しろと言うのだろうか。

『貴殿の今後益々のご活躍をお祈り申し上げます』

飽きるほど見てきた末文を読み切ってしまう前に、メールを削除した。

来週から
大阪に
行くんだよね

国《くに》見《み》 雪《ゆき》

好きか嫌いかと言われれば好きだけど、付き合うのはなんか違う。

お互いに、そんなことを言い合っていた相手がいました。

彼と知り合ったのは、三軒茶屋《さんげんぢゃや》にある『もつ焼きばん』という居酒屋でした。偶然隣の席に座ったグループの一人が私の所属していたサークルの先輩で、一緒に来ていた三人のうちの一人が彼だったというわけです。カーキ色のアウタージャケットがよく似合う、中性的な印象の男性でした。しかしながら、背は小柄な私より頭一つ分以上高く、シルバーアクセサリーで装飾された手は骨張ってゴツゴツしており、男性らしい守衛的な色気のようなものを纏っていました。

なんとなく隣に居合わせた流れで、知人を介して彼とぽつぽつ話をしていくうちに、学部は違うけれども同じ大学の先輩だということを知りました。

出会ったのは私が大学三年生の秋口です。彼は私の一つ年上の大学四年生だったので、もうまもなく卒業を控えていました。就職活動も早めに終えたらしく、あとは春が来るまでのんびりと過ごすだけなのだと言いました。そんな彼の話を聞いて、まだ絶賛就活継続中の他の四年生は冗談半分で僻みや妬みの声をあげていました。

この年代の大学生が集まると、遅かれ早かれ決まって就職活動のことが話題にあがります。その日も彼の話をきっかけに、例に漏れず私達の話題は就職活動のことでいっぱいになりました。

渋谷にある緑の看板のメガベンチャー企業は通年採用だから早めに受けて勉強しておいた方がいいとか、丸の内《まるのうち》に本社がある文系就活人気ランキング一位の商社はインターンシップに参加したら選考に有利という噂があるとか、赤坂見附《あかさかみつけ》にある外資系のコンサルティング会社にはOBが沢山いるから情報があって入りやすいとか、やっぱり最初はキラキラスタートアップ企業に憧れないで大手に行った方がいいとか、そんな話ばかりが繰り広げられていました。

早い人では大学に入学してすぐに長期インターンシップを始めたり、二年生の頃から情報収集を始めたりしているそうですが、三年生の秋を迎えても、私は一向に就職するということに興味関心を抱けていません。自分が何をやりたいのかも全く明確にならず、よくある分析ツールみたいなものを使ってみたことはありますが、どれもしっくりきませんでした。結局「まぁ、どうにかなるか」と放置してきた結果が今なのですが、それほど焦りを感じていないのも事実です。

「普段は何をしているんですか?」

就職活動の話に飽きてしまった私は、興味本位で隣に座っていた彼に話し掛けました。彼は唐突な話題を持ち掛けられたことに少しだけ驚いてみせましたが、すぐに静かに笑いかけるような表情をして、「趣味とかの話?」と私に聞き返しました。

「趣味でもなんでも。できれば就活以外の話でお願いします」

彼は確かに真面目な話とかつまらないよね、と誰に言うでもなく呟くように言いました。

「アウトドアな人間ではないから、授業とバイト以外は家で本を読んでいることが多いかな。あとはサブスクで映画とか。趣味って言えるほどのものでもないけど」

「私も本、好きです」

「お、マジ? 今時の大学生にしては珍しく一緒だね。小説?」

出会ってまだ一時間も経っていませんでしたが、今日の中では一番楽しそうに話してくれる彼を見て、ちょっとだけ嬉しくなっている自分がいるのを感じました。

「エッセイとかも嫌いじゃないですけど、好きなのは小説ですね。桜庭一樹《さくらばかずき》さん分かりますか? あの方が直木《なおき》賞を取った『私の男』という作品が一番好きです」

彼は興味深そうに高く整った鼻の下に指先を添えました。

「ディストピアが好きなの？」

「あまり明るくも前向きでもない作品の方が好きなんです」

気分的にマイナスの時の方が思考が澱《よど》んでいない気がして落ち着くんです。とは言えませんでしたが、彼は「なんとなく言いたいこと分かるよ」と私の意図を察したように相槌をしてくれました。

「どんな本が好きなんですか？」と私はまた彼に訊きました。

「江國《えくに》香織《かおり》さんの作品が好き。特に、『東京タワー』」

彼は両手を合わせてタワーの形をしてみせました。なんだかその仕草が子供っぽくて笑ってしまいます。

「私も好きです、『東京タワー』。なんとなく言いたいことも分かります」

その後も隣り合った二つのテーブルを囲む六人のうち、四人は就活の話や単位の話、共通の知人の話で盛り上がるなか、私達二人は音楽や映画の好みの話で意気投合し、朝食は和洋のどっち派かなんてどうでもいい会話をしながら、美味しいパン屋があるという話の流れで、自然と連絡先を交換しました。

偶然三軒茶屋の居酒屋で隣り合わせただけの私達でしたが、以降もなんとはなしに連絡を取り合い、時々外で会うぐらいのゆるやかな交友関係が続きました。

お互い連絡はマメなタイプではなかったので、一日のＬＩＮＥのやりとりは多くてせいぜい三往復程度。全く返信がない時があったり、私が全く返さないなんて日もザラにありました。けれども私達はお互いに連絡を催促することもされることもありません。

さほど男性経験が豊富ではない私にとっても、大学生になってからはもう成立しないと思っていた「男女の友情」というのが初めて形を成しているように思えたんです。

自由気ままで、いい意味で無関心で、だけど好きなものだけは同じで、まるで猫のような距離感の関係が自然と私の生活に馴染んでいくのを感じていました。

私達の間には沢山の共通事項がありましたが、朝が苦手ということと、一度寝たら自堕落に寝っぱなしで起きないというだらしなさまで同じでした。

ですので、必然的に私達が外で会う時は決まって日が沈みかけてくる頃か、既に夜のことが大半でした。場所も決まって三軒茶屋のもつ焼きばん。

彼と初めて会った時に言っていた「美味しいパン屋」は三軒茶屋に確かに存在していましたが、朝が苦手な私達には当然無縁の存在でした。

「いつか買いに行こうね」なんて口では言っていましたが、明日早起きして集合みたいな流れには一度もなりません。今思い返しても、なんとも私達らしいエピソードだなと思います。

私達の関係は、季節が冬になってもそれを通り越してまもなく春を迎えそうな気配が漂ってきても続きました。

変わらない連絡頻度。変わらない外で会う頻度と三軒茶屋。いつの間にか私にとって当たり前にすらなっていた彼の存在。でもそれは、恋愛的な結びつきかと言われれば、なんだか違和感しかないように思えたんです。仲が深まれば深まるほど、「好きかと言われれば好きだけど、付き合うのはなんか違うよね」とお互いが口にするようになりました。そんな不思議な関係なんです。

私達は、一度だって身体の関係を持ったことはありません。甘く色のついた気配を感じたことも、浮ついた話をしたこともありません。けれども一度だけ、本当に一度だけ、彼の家を訪れたことがあります。三月もあと一週間のみを残した、どこか別れを思わせる肌寒い風が吹いた夜のことでした。

「『東京タワー』の映画観ない？　小説しか読んだことがなくてさ」

いつもの居酒屋の席で、彼は私に言いました。

「どこで？」

私が彼にそう訊き返すと、彼はなんてことのないように「俺の家で」と言いました。

そこには深い意図も、疾《やま》しさも何も感じませんでしたし、今更断る理由もなく私は彼の提案を了承しました。

「映画版って面白いのかなぁ」なんて呑気な会話をしながら、コンビニに寄って数本のお酒と軽いつまみを買いました。今更ながら、私はこの時初めて彼の家が三軒茶屋にあることを知りました。

茶沢通《ちゃざわとお》りを真っ直ぐ十分ほど歩いた先の路地にある、三階建てアパートの三〇一号室。予想していたよりも生活感がある散らかり方をした彼の部屋で、隣に並んで映画を見ました。

『東京タワー』はサブスク配信がされておらず、このためにわざわざブルーレイをレンタルしたみたいです。映画が流れている間はその音声と、時折ＰＳ４の中でブルーレイディスクが擦れる音だけが部屋の中に響いていました。

百二十六分の映画が終わり、彼はため息をつくように言葉を吐きました。

「俺、もう自分が気に入った原作が映画化されたものを観るのやめるわ」

これまで幾度となく彼の口から発せられていた原作の解釈やセリフの温度感とは、少なからず乖離してしまっていることを感じてしまう、ハッピーエンドを迎えた、『東京タワー』。

「それだけ色んな人の見方があるってことなのかもね」

結局のところ、人が人を心から受け入れて抱きしめられるのは、同じ感性の持ち主と、その先に生まれた創造物だけなのかもしれない。私はこの時、そんな訳の分からないことを考えていました。

「解釈の仕方と居心地の良さって比例すると思うんだけど、どう思う？」と私が言いました。

「全然意味分からないけど、本当に少しだけ分かっちゃうのが悔しいかも」

どこに行っても私達がすることは変わりません。居酒屋ではなくて、彼の家にいて、ジョッキではなく缶酎ハイを持っていて、私と彼はお互い以外の人が聞いたら理解が及ばないような共通の言語を使ってどうでもいいことを語り合います。無意識に笑い続けていることで自然と頬が痛くなってくるような、こんな時間がずっといつまでも続いてくれればいいのに。そんなことを、この日ばかりは本気で思っていたんです。

ふと気づけば、いつも間にか日付が超えていて、時刻は既に深夜一時を迎えていました。

「俺さ、来週から大阪に行くんだよね」

一瞬会話が途切れたタイミングで、全く前触れなく切り出された言葉を、私は上手く理解することができませんでした。

「一ヶ月くらい前に、配属が発表されてさ。四月から大阪の支店で働くことになったんだよね」

暖房の効いた部屋で、最後の一本になった缶酎ハイを飲みながら、後ろめたいことでもあるかのようにぽつぽつと彼は話しました。

漸く頭で彼の言葉を理解できた時、私の口から出た言葉は、「そっか」という短い相槌と、「じゃあ、こんなふうに会えるのは最後になるかもしれないね」と自分を納得させるようなセリフだけでした。

三軒茶屋の居酒屋で偶然知り合った私達。好きな映画も、作家も、朝食の好みも、連絡の頻度も、自分を形成する殆どが似ていて、いつの間にか当たり前のように近くにいた存在。けれども、付き合うのはなんか違うなと思っていた私達。縛るものは何もありません。

彼は、「またいつだって会えるじゃん」と言いました。

「うん、そうだね。大阪なんてすぐだもんね」と私も返しましたが、もう恐らく彼とは二度と会わないのだろうなと、直感で分かってしまったんです。彼のことは誰よりも理解しているつもりでしたし、自惚れながら彼も同じだったと思います。だからこそ分かってしまったんです。

実際、この日以降の私達は、物理的に開いた五百キロもの距離を徐々に踏襲していくように、連絡を取り合うこともなくなり、疎遠になっていきました。

最後に会った夜。彼が大阪に行ってしまうと聞いた時から、朝が来るまではいつもより随分深い闇に呑まれているような、そんな感覚に襲われたのを覚えています。

今でもふとした時に、彼が当たり前のように傍にいた半年間を思い出すことがあります。

好きか嫌いかと言われれば好きだけど、付き合うのはなんか違う。お互いに、そんなことを言い合っていた私の写し鏡のような存在。

明け方、「またね」とアパートの階段から私に手を振った彼は、もしかするとまだそこにいるんじゃないだろうか。時々そんなことを思ったりします。

窓の向こうで花火が咲いた

野《の》田《だ》あずさ

お金に不自由な暮らしはもう送りたくない。

自分の力でお金を稼ぐことができるようになった十六歳の時の私は思った。

私が五歳の時に父が亡くなってから、苦しい家庭事情の中でも女手一つで私を育て上げてくれた母には今でも感謝している。けれど、父がいなくなってから必要以上に私のことを管理下に置きたがるのに、自分はまるで足枷《あしかせ》が外れたかのように奔放になり、飽きたからという理由で転々と職を変え、私と幼い弟を置いて夜通し飲み歩きに行ってしまうような母に振り回され、必要以上に貧しい生活を強いられていたことに一度も嫌気が差さなかったのかと問われれば、それは否と答える以外にない。

母を反面教師にして、高校時代の私はバイトに明け暮れた。自分で自由に使えるお金が手元にあることは、かつて父が私の手を握ってくれていた時のような安心感があった。自分で稼いだお金で自分用の財布を買った時は、もう一生この財布を使い続けると決意するほどに嬉しかった。

できることならば、良い大学に進学して有名な企業に就職して、高所得で安定した生活を送りたいと思っていた。だが、上位層の大学を目指せる優秀な頭脳も、四年制の有名私大に行ける金銭的余裕もなかったため、地元の名古屋《なごや》にある小さな公立大学の看護学部に奨学金を借りて進学した。

看護師になることを選んだのは、昔からの憧れとか、父の死をきっかけに医療従事者になりたいと思ったとか、そんな大層なものではない。私が洗い出した現実的な選択肢の中で、最も安定して稼ぐことができる仕事はなんだろうかと考えた末に選んだのが看護師だっただけだ。

国家資格を取得するために受講しなくてはいけない授業は山積みで、毎日のように課題が出されたため、睡眠時間も削られるほど慌ただしい毎日だった。

学年が上がれば病院での実習も始まった。テレビで見るような意地の悪い先輩看護師から叱責を受けることもあり、思い描いていたよりも看護の世界はストレスフルであることを思い知らされた。

普通の文系大学生のように遊んでいられる時間はそれほど多くはなかったが、ひたすら教材に向き合い、課題のレポートや記録を書き、スキマ時間でバイトをする生活は、何かをしていないと落ち着かない私の性格には合っていてそれほど苦痛に思わなかった。

看護学生としての生活に慣れ始めた頃から、周りの友人達は適度に力を抜くことを覚え、アルコールや夜遊びに走る人も出てきた。

息抜きをしたいと思うことは私にも勿論あった。しかし、私は余程のことがない限りは、誘われても付き合わなかった。そんな時間があれば、バイトを入れてお金を稼ぎたかったのだ。

周囲は私のことを変人扱いしたが、そんなことは大して気にならなかった。

一日でも早く自立して、一人で生きていきたかったのだ。

私はきちんと四年で国家資格を取得して卒業し、そのまま名古屋市内の病院に就職して一人暮らしを始めた。

一人での暮らしは快適だった。母の管理下から逃れ、奨学金の返済は残っているが、経済的にも完全に自立できたことで随分心情も明るくなったような気がしていた。

大学を卒業してから一年くらいは慌ただしくも一人を満喫する生活を送っていたが、誤算だったのは、仕事に伴う重責と負荷の割には、看護師の給料が想像以上に薄給だったことだ。

月に数回ある夜勤手当を含めても、手取りは二十万円にも満たないことが殆どだった。

若いうちだけならば仕方のないことなのかもしれないと割り切れた。しかしながら、先輩の看護師や師長の話を横聞きしている限りは、キャリアを重ねてもそれほど収入には期待できないみたいだった。

看護の世界は慢性的に人手不足で引く手あまただ。本気で探せば今よりも収入が良くなる職場を見つけることができるかもしれない。だが、私はまだ所詮看護師としても社会人としての経験も一年程度しかない。このタイミングで職場を変えることは、履歴書を見る相手にとっては負のイメージの方が強くなってしまうのではないかと不安になり、現状に我慢するしかないと思っていた。

「お金稼ぎたいなら夜の仕事始めればいいじゃん」

大学の同級生の清香《きよか》にそう言われたのは、夜勤明けの夜に栄《さかえ》に御飯を食べに行った時のことだった。

清香とは大親友と言えるほど深い交友関係があるわけではないが、物怖じしない性格で言いたいことははっきり言うタイプの彼女とは、陰湿極まりない女子社会だった看護学部の同期の中でも何かと意見が合うことが多かった。今でもこうやって休みが被った日に御飯に行くぐらいの関係性が続いている。

清香は私の家庭環境のことを粗方知っている。重たい話をしても、「ふーん。そっか」と大袈裟な反応を示さないところが、却って居心地が良くて助けられている部分もある。今私の身の回りにいる人の中では、唯一愚痴を話せる存在が清香だった。

「夜の仕事って何？　キャバとか？」

私は少しだけ前のめりになった。

「いや、風俗。キャバ嬢やってもあんたお酒飲めないじゃん」

「確かにそうだね。清香は風俗嬢やったことあるの？」

清香は私が関心を示したことが意外だったのか、細く整った眉を僅かにピクッと反応させた。

「あるよ。大学生の時に。というか今も偶に休みの日とか夜勤明けの夜とかに出勤してる」

「知らなかった」

「案外多いらしいよ。昼は看護師しながら夜は隠れて風俗嬢やってる人。看護師ってさ、労働の割に対価が見合ってないじゃん。その点風俗は一日何人か相手すればすぐにお金を稼げる」

「やっぱりそんなに稼げるものなの？」

「まぁそれなりには。胸はあれだけど顔はそこそこ可愛いし売れるんじゃない？　あんたがなんでそんなにお金に執着してるのかは知らないけど。気になるなら繋いであげる」

清香はお店のホームページを開いたスマホの画面を私に見せた。

「別に斡旋《あっせん》とかじゃないから安心して。グレーな仲介業者とかもいるらしいけど、私は誰かを紹介したってなんの得もないから」

見せられたホームページをスクロールする。ＯＬをコンセプトにしたソープらしく、白シャツにタイトな短い黒スカートを履いた女性の写真が何枚も並べられていた。

「こういう店って意外としっかりしててさ、身バレ防止のために系列店とかを転々とさせてくれたり、危ないことに巻き込まれないように人員が配備されてたり、ちゃんと女の子の安全に配慮されてる」

「どうする？」と付け加えて清香は私に訊いた。

頭の中では様々な不安が渦巻いたが、サイトの下の方に書かれていた一日の想定給料に揺られて、「やってみたい」と私は言った。

「こういうことは絶対にやらないって言うタイプかと思ってた」

清香はまた心底意外そうな顔をした。

「明日出勤するから店長に話してみるよ。多分面接しなきゃだから、空いてる日程あったらLINEしといて」

一週間後、私は岐阜《ぎふ》駅南口方面のソープ街近くにある寂れた純喫茶で店長の面接を受けた。

映画で見るような強面で屈強な人が来るのかと身構えていたが、店長は至って普通の優しそうなお爺さんだった。簡単な質問を幾つか受け、「なんかあったり、辞めたくなったりしたらすぐに言うんやよ」と店長は言った。私が風俗嬢として働くことは拍子抜けするほどあっさりと決まったのだった。

休みや夜勤明けの時間を使って幾つかの模擬講習を受けた後、私はすぐに客を取った。最初に当たった三十代の男性は、私がソープ嬢として新人で最初の客が自分であることに甚《いた》く興奮しているようだった。

恋人でもない異性に自分の裸体を見せるのも、触られることも初めてだった。

嫌悪感を必死に隠しながら、なるべく触れられないようにと風呂場で入念に相手の身体を洗い、会話で気を紛らわせて先延ばしにしようとした。しかし、我慢の限界が来たのか男性は露骨に不服そうな顔を見せ始めたので、覚悟を決めて自ら男性の身体に身を寄せた。男性は打って変わって嬉しそうな声をあげ、私の身体を愛撫し始めた。

相手はお金を払ってきている客であり、私はそれに見合うサービスを提供しなくてはいけない嬢。頭では分かっていたが、身体が上手く反応しない。触れられるたびに身の毛がよだち、無意識に表情が歪んだ。

性器に触れられた時に感じたのは快感ではなく痛みだけだった。それでも拒絶だけはしないように演技に徹し、男性が果てて満足するまでその広い背中を抱き続けた。

その夜は、最初の人を含めて計五人の男性の相手をした。今までにないほどの疲労感と、股関節の痛みを感じ、帰る頃には立っているのがやっとだった。

帰り際労いの言葉と共に店長から茶封筒を受け取った。給与の支払いを、病院にバレないために無理を言って毎回手渡しで貰うことになっていたのだ。封筒の中に入っていたのは八万円。夜勤十回分くらいの金額だった。

僅か数時間で大金を手にしたことへの昂揚感で一時は生理的な不快感を忘れられたが、晴れやかな気分にはなれなかった。

暫くは、見知らぬ男性が触れた私の身体の節々から気味の悪い小動物が這ってくるような不快感が抜けずに何度もシャワーを浴びて身体を洗った。しかし、お金が手元に入ってくることの安心感からなのか、風俗嬢を辞めようとは思わなかった。身体に触れられ自由に弄《いじ》られることへの嫌悪は消えなかったのに。自分でも驚きだった。

借りていた奨学金は元々の貯蓄を抜いても余裕で一括返済できる額までお金が貯まったタイミングで、纏めて返済してしまった。負債という憂がなくなってからも、稼いだお金には一円も手をつけていない。ただただ貯金額だけが増えていくばかりだった。

何か欲しいものがあって貯めているわけではなかったし、散財する目的も欲求もない。財布は未だに高校生の頃バイト代を貯めて買ったボロボロのものを使い続けている。

私は一体何にこんなに囚われ続けてお金を求めているのだろうか。そんなことを思った。

風俗嬢を始めて一年ほどが経ち、夜勤明けに一眠りして岐阜に通う生活に慣れ始めた頃、オープン前の店頭カウンターで、清香と店長に会った。

「すっかり板についてきたって感じじゃん」

清香は普段よりも派手な化粧をしていた。以前、清香についている固定客が清楚な見た目よりギャルっぽい雰囲気の方が好きなんだと語っていたことを思い出した。今日は多分その人の指名が入っているのだろう。

清香が浮かべる薄ら笑いに少し腹が立ち、「まぁね」と適当にあしらって充てがわれた三〇八号室に向かおうとしたら、店長に呼び止められた。

「今日は多分お客さんあんまり来ないから、ゆっくり準備してくれればええよ」

「何かあったんですか？」

腰が少し曲がって背が私よりも低い店長の目線に合わせるように屈んでみせる。

「今日はすぐ近くの長良川《ながらがわ》で花火大会があるんだってさ」

清香が間を割って私の質問に答えた。

「どうりで電車に浴衣姿の子がいっぱいだったわけか」

名古屋から揺られてきた電車の中で恋人らしい男性と手を繋いでいた浴衣姿の女性の笑顔がふと頭に思い浮かんだ。

「去年もそうだけど、毎年花火大会がある日はお店に殆ど誰もこないんだって。私もさっき予約入ってた人からキャンセルの連絡きてさ。人も足りてるし今日は帰ろうかなって店長と話してたところ」

清香はスツール椅子に座ったまま足を組み直した。

「帰りたかったら帰って大丈夫やけど、どうする？」

「いや、私は残ります。折角ここまで来ましたし……」

「頑張り屋だね～」

清香はケラケラ笑って、じゃあ私は帰ると言って裏口から店を出ていった。

「私はいつもの部屋で準備して待ってます。お客さんきたら適当に送ってください」

私が踵を返して部屋に向かおうとすると、もう一度店長に呼び止められた。

「無理だけはしたらあかんからね。えらかったらちゃんと言うんやよ」

店長の声音と風貌は、相変わらず風俗店の店内にはあまりにも馴染んでいないと思った。

「大丈夫ですよ店長。私は大丈夫です。じゃあ行きますね」

私は店長に小さく笑いかけてから三〇八号室に向かった。

客の入りは、店長の言う通りいつもと比べると格段に少なかった。二時間ほど待機して飛び入りで来た四名の団体客の一人を相手した後は、長い間ずっと暇だった。

ふと部屋の外から破裂音が聞こえた。どこかの部屋で揉め事があったのかと思ったが、良く耳を澄ませば花火の音だと気づいた。

昼夜問わず間接照明しか灯っていない三〇八号室にいると、時間の感覚を度々失ってしまう。いつの間にか外は夜になっていて、十九時半を迎えると同時に長良川の花火大会が始まったみたいだった。

部屋の窓には黒いテープがビッシリと貼られており、ここからでは花火を見ることはできない。

私は手元のスマホでインスタを開いた。大学生になった弟が最近できたばかりの彼女と花火大会の会場にいる様子をストーリーに載せていた。

「いいなぁ……」

私は自分でも無意識のうちにそう呟いていた。自分が発したことにも気づかないほどに、自然と零れた言葉だった。

私はこんなところで何をしているのだろうか。近頃はそんなことばかり考えている気がする。

やりたくもない仕事に就くために勉強をして国家資格を取って、夜勤明けの重たい身体を引きずって岐阜まで来て、見ず知らずの男に身体を売ってお金を稼いで、私は一体何に縛られながら生きているのだろうか。自分でもその答えがずっと分からなかった。

ふと、昼間見かけた浴衣姿の女性を思い出した。恋人に向けて浮かべた微笑ましい笑顔は愛情に溢れ、幸せそのものに見えた。

私には今、一体何が残っているのだろう。今誰かに幸せかと問われたら、私はなんと答えるのだろう。なけなしの二十代の若さを少しずつ切り捨てて売り捌くこの生活の先で、私は私自身に何を求めて生きていけばいいのだろう。

「無理したらあかんからね」

優しく笑いかけながら私を心配する店長の声が、薄暗い三〇八号室のどこかから聞こえた気がした。

「私は今、なんのために生きてるんだろう」

私は誰に言うわけでもなく静かに声をあげた。

大きな花火の音が鳴り、窓にビッシリと貼られた黒いテープの隙間を、赤とも青とも言えない色をした花火の光が抜けてうっすらと部屋を照らした。

少し遅れて、来客を知らせる内線電話のコール音が部屋に響いた。

私は目元を拭い、ベッドに並べられたタオルを敷き直し、上着を脱いでお風呂に湯を溜めた。

その日、見ず知らずの男に抱かれている間、遠くの方で鳴り響いていた花火の音を、私は暫く忘れることができなかった。

誰も知らない場所で、
ただ二人で
死んだように
生きていたかっただけ

吉田《よしだ》 七海《ななみ》

今も時々考えてしまうことがある。

穏やかで透明な時間が流れていた秋の早朝、空に舞っていく熱気球達を見送りながら私の手を握った彼の手を握り返さなければ、私の人生はどうなっていたのだろうかと。

あの頃の私は、とにかく誰も自分のことを知らない街に逃げ出したかった。一体何に追われ、背中を押されていたのか分からない。ただ、ここにいてはいけないような気がする。そんな得体の知れない焦燥感だけがずっと付き纏っていた。

白金高輪《しろかねたかなわ》のタワーマンションのバルコニーから見える夜景は、いつもと変わらず煌々《こうこう》と輝いていた。東側の遠くの街に見える東京タワーのインターナショナル・オレンジの光は、ロンドンやニューヨークなどといった大都市圏での生活を夢見る彼の象徴のようだった。

私は、東京を見下ろす彼の背中を見つめながら、静かに息を吸い込む。彼は電話の向こうで、また知らない横文字を駆使しながらプロジェクトの話をしている。今日は日曜日だったが、その声は熱に満ち、未来を描く彼の姿がきっちりとした輪郭を添えて浮かぶようだった。

「明日は夕方から長めの会議があるから、少し遅くなるかもしれない。でも、終わったら久しぶりに外食でも行こうか。イタリア大使館のすぐ近くに新しいビストロがオープンしたらしいんだ。皮肉なものだね。ビストロはフランスが起源なのに。でも、きっと気に入るよ」

彼はどこか気取った口調でそう言った。無理をして気品高くあろうとしているような、背伸びをして大人であろうとしているような、そんな話し方をするようになったのはいつからだろう。

「うん、楽しみにしてる」

私は微笑みを返しながらも、ガラス張りの向こうに浮かぶ東京ではなく、どこか遠い場所、逃げ出したくて堪らなかったあの街に浮かぶ気球を見つめていた。

「明日の準備をしなくちゃいけない」

彼がそう言って隣の部屋に戻ると、残った静寂が私の全身を包み込む。タワーマンションの高層階に住んでいながらも、この部屋の中だけは別世界のようにすっと深く暗い闇の中に感じられた。

窓の外に広がる大都市の喧騒は、この暗闇には届かない。まるで、この場所が現実から切り離された孤独な箱のように思えた。

ふと、少し前に彼が言っていた「この仕事が上手くいけば海外駐在に行けるかもしれない」という言葉が胸に引っ掛かった。それは彼が、いや私達がずっと目指してきたものだったはずだ。

生まれ育った田舎町から飛び出して、彼と一緒に、もっと大きな世界で華やかな暮らしをすること。それが夢だったはずなのに、どうして今、そんな未来がとても遠く感じるのだろう。

「大学を卒業したら、一緒に東京に行かないか」と言ってくれたあの日の彼は、もっと違った夢を見ていた。私達はまだ若く、未来に対する希望と不安を共有していた。

あの頃の彼は、どこにでもある街角で一緒に過ごす時間を何よりも大切にしていた。車でしか行けない距離にある小さなカフェでコーヒーを飲んで、何気ない会話をするだけで私は幸せだった。

今は違う。彼は仕事に追われ、出世に燃えている。いつ頃からだろうか。「何者」かになれないと、この暗闇に取り残されてしまうような切迫感に彼は追われ続けているように私には見える。

華やかな生活を目指し、私達の時間は一緒に住んでいるのにもかかわらず、次第に休みの日ですら殆ど噛み合わなくなった。

いつしか、私の存在は彼が思い描く未来の一部でしかなくなったように感じる。

それでも、彼は私を愛してくれているのだろうか。

それとも、私が彼の未来に対する重荷になっているだけなのだろうか。

私はゆっくりとソファに腰を下ろし、目を閉じる。あの頃、誰も地名すら知らない辺鄙《へんぴ》な町の、誰も知らない場所で、彼と一緒に死んだように生きていた日々が、どれほど幸せだったか。誰にも邪魔されることなく、ただ二人だけの世界で、静かに時間が流れていく。いらないと捨ててきたはずの過去が、今となってはまるで夢の話のようだった。

「もう戻れないんだよね」

私は小さく呟く。

その夜、会社の送別会があったのを忘れていたと謝罪の連絡があった。彼が帰ってきたのは日付を跨《また》いだ頃で、私は今にも閉じてしまいそうな瞼《まぶた》の重さに耐えながら、ベッドの中で彼の帰りを待っていた。

ドアが開く音がして、彼の足音が静かに近づいてくる。彼は疲れた顔をしていたが、私に気づくと少しだけ微笑んだ。

「遅くなってごめんね」

彼はそう言って、ベッドの端に腰を下ろす。

「大丈夫。お疲れ様」

私はそう答えながら、彼の顔をじっと見つめていた。彼は私の視線に気づくと、少し嬉しそうな表情をした。

「海外駐在、決まったよ。マレーシアのクアラルンプール。ロンドンでもニューヨークでもないけど、一つ夢が叶ったよ」

そう言った彼の少年のような微笑みを、随分久しぶりに見たような気がした。

「そっか……、凄いね。おめでとう。良かったね」

私は枕に頭を預けたままそう答える。

彼は右手で私の髪を撫でながら、また嬉しそうに笑った。そうか、夢が叶ってしまったんだね。

「年明けから向こうに行くよ。それでできれば一緒に来て欲しい」

私の髪を撫でる彼の手が僅かに震えていた。怯えているのか、不安なのか、それとも未来への昂揚感なのか。あるいはそのどれもなのか。私には分からなかった。

薄暗い部屋の中で沈黙が続いた。時間にすれば、十秒にも満たない静寂が永遠にすら感じてしまうほど、重たく止まっていた。

「……ちょっとだけ、考えてもいい？」

空気の振動が目に見えてはっきりと分かるほど、私の声は震えていた。

彼は驚いた顔をして、私の髪を撫でる手を止める。

「……ねえ、私達、このままでいいのかな？」

「どうしたの？」

私は静かに問い掛けた。

また暫くの間、二人の間に沈黙が流れた。明瞭な不安と疑問を孕んだ沈黙だった。

「どういう意味？」

彼はゆっくりと口を開く。

「今の貴方には、私は不必要な要素に感じてしまうの」

私はそう言いながら、彼の瞳を見つめ続けた。決して逸らさないように、じっと。

彼は困惑したように眉を顰める。

「必要に決まってるだろ。ずっと、これからも」

「でも、私はもう……貴方といることが、本当に幸せなのか分からないの」

私の声は弦楽器よりも鋭く高く、空気を揺らしていた。今まで生きてきた人生の中で、一番はっきりと心の底から出てきた言葉のように思えた。

彼は何も言わず、ただ私を見つめている。そんな目をさせたいわけではなかった。

「最近思うの。東京に行こうって言った貴方の手を取らなければ、どうなっていただろうかって。それで、最後にはいつも、その方が良かったんじゃないのかなって考えてしまうの」

私はそう言って、彼の手にそっと触れた。

「私ね、多分どこにも行けなくて良かったんだよ。貴方が傍にいれば、それで良かったの」

私はそれだけ言葉にして、かつて抱いた焦燥感の理由が、漸く分かった気がした。置いていかれたくなかったのだ。他でもない、彼に。

彼は暫くの間、何も言わなかった。無言の背中越しに東京の夜景が広がっていた。

「君がそう感じるのなら……僕達はもう一緒にいられないのかもしれないね」

頭上から降りてきているはずの彼の声が、一体どこから聞こえているのか分からなかった。

私は涙が溢れそうになるのをこらえながら、彼の言葉を聞いていた。そして、彼の右手にそっと手を伸ばす。彼はゆっくりと振り返る。

「だから、お願い。少しだけ考える時間をください。今後のことも含めて、答えを出したいの」

私はそう言ってから彼の手を離した。過去を切り離すような決意を込めた答えだった。

彼は何も言わず、ただ静かに私を見つめている。やがて、力なく小さく頷くと、部屋を出ていった。ドアが閉まる音が、深く刻まれた関係性への傷のように私の胸に響いた。

静かに夜が更けていった。そっと閉じられたままの瞼の中で、私達が重ねてきた時間に思いを馳せながら。

そして、今更ながら思う。私は東京に住めなくても良かったし、アイドルや歌手になんてなれなくても良かった。ロンドンやニューヨークに住むような憧れの女性になんてなれなくても、私はきっと後悔なんてしない。

私はただ、誰も知らないような街、この広い世界の端っこみたいな場所で、誰にも知られないまま、ただひっそりと、貴方と死んだように生きてみたかっただけだったのだと。

私はもう一度窓の外を見た。

遠くのビルの屋上で航空障害灯《こうくうしょうがいとう》が点滅している。

そういえば、今年のバルーンフェスタはもう終わってしまったのだろうか。

そんなことを考えている間に、いつの間にか眠っていた。

夢の中で、私は気球から地上を見下ろし、泣いているように笑っていた。

大人になれば

日下部《くさかべ》 茉莉《まつり》

デスクの書類の山の影に隠れたスマホが振動しているのを感じて手に取る。それから画面に表示された名前を見て、思わず大きなため息をついた。

一度は電話を無視することを考えた。だが、きっと出るまで何度も掛け直してくるだろう。そう思って、デスクから席を外し廊下に出る。誰もいないエレベーターホールのところまで歩いてから、精一杯ぶっきらぼうに、「何?」とだけ言って電話に応じた。

「何って、折角母親が電話したっとるんやから、そんな迷惑そうに電話に出るんやないて!」

電話越しの母の声が今日はいつも以上に大きくハキハキしているように聞こえて、なんだか無性に煩わしく感じた。

「私まだ仕事中だから。要件だけ教えて」

「全く、いつからそんなに愛想のない子になってしまったんやろか……」

母の大袈裟な口調がどこか芝居がかっていて鼻につく。私は、いいから早くしてと、話の続きを促す。

「今度の年末年始のことやないの。あんた二十日頃には帰ってこれるんやろ? シフト組まんとあかんから早めに予定教えて！」

一瞬なんのことを言っているのか分からなかったが、すぐに繁忙期の実家を手伝えと言っているのだと気づいた。しかも、何故か母の中では帰ってくることも、手伝うことも決まっている様子だった。

「はぁ？　無理に決まってるやん！　そもそも帰る気もないし。勝手に予定決めないでよ！」

職場の今年の仕事納めは確か二十九日だったはず。そもそも世間一般の社会人がそんなに早くから休みを取って帰省できるわけがない。あまりの母の横暴に一層腹が立って、思わず声量が大きくなってしまった。エレベーターから出てきた別部署の人から向けられる視線が痛い。

「あかんて！　もうその予定なんやから！　有給とか色々使ってなんとかしなさいよ」

母はこちらの事情などまるでお構いなしだ。昔から自分が決めたことは絶対にその通りにならないと気が済まないタイプの母は、譲歩という言葉を知らない。母はそのまま、そもそもあんたいつこっちに戻ってくるつもりなのと早口で捲《まく》し立てる。

「東京なんかにいつまでもおって、遊んでばっかりなんやろ？　もう二十八になるんやから、ええ加減大人になって実家戻って旅館の仕事やりなさい！」

「今その話は関係ないじゃん！」

「関係ないことあらへんよ！　お父さんも私もいつまで現役でやれるかなんて分からへんのやから！　とにかく、年末は帰ってきて仕事手伝う！　分かった？　なら切るでね、今日の準備しなあかんから」

はぁ忙しい、とわざとらしく呟く母の声が電話口から遠のいた。私は慌てて母を呼び止めようとしたが、すぐに電話が切られた後の電子音だけがツーツーと聞こえた。

その間抜けな音が私を嘲笑っているかのように聞こえて腹が立ち、エレベーターホールの壁を右手で強く叩く。またタイミング悪く通りかかった知らない人がその様子を怪訝な表情で見ている。恥ずかしさのあまり目を合わせないように俯き加減でオフィスに戻った。

大学入学と共に上京してから早十年。大学だけは、社会人の数年だけは、と先送りにして逃げてきた現実にもそろそろ真面目に向き合わなくてはいけなくなってきたのかもしれないと思った。

私の実家は、岐阜県の下呂《げろ》市で老舗の温泉旅館を経営している。私はそこに長女として生まれ、五つ年の離れた兄と共に、「ここは戦前から続く由緒ある旅館で、いつかは貴方達がこの場所を継ぐのよ」と、子守唄よりも多く聞かされて育った。

幼い頃は、地元の名主である家庭で育ってきたことに誇りみたいなものがなかったわけではないし、学校の同級生達に羨ましがられるのは悪い気分ではなかった。でも小学生の高学年になる頃には、「遊びに行くくらいなら旅館を手伝いなさい」と言われるようになり、学校から帰るとすぐに作業着に着替えて掃除やら洗濯やらをさせられる日々が続き次第に嫌気が差していった。

ゴールデンウィークも、夏休みも、同級生達が家族でどこかに出かけているような長期休みは、私にとってみれば最悪の期間でしかなかった。

「お前は選ばれた家庭に生まれたんやから、立派な女将《おかみ》にならんとあかんのや」

休みのたびに家の手伝いを渋る私を叱る父の口癖だった。

自分の意志とは関係がないところで、自分の人生を勝手に決められてしまうこと、それを当たり前だと思っている両親や、旅館の関係者、身内の親族達のことが私は大嫌いだった。彼らの前で、人の人生を一体なんだと思っているのだと、何度口にしそうになったか分からない。

大体、私がこんなにも執拗に地元に帰ってくることをせがまれているのは、兄のせいでもある。

兄は昔から、「俺は立派な支配人になるんや」と周りに豪語していた。私は高校を卒業したらすぐに働けと言われていたが、兄が旅館を継ぐのが明確だったからこそ、長い口喧嘩の末に、大学からは上京して決められた生活から逃げ出すことができた。

それにもかかわらず、兄は勉強のためにと入社したリゾート開発会社で出会った同僚と駆け落ちして、クアラルンプールだかイスタンブールだか忘れたが、知らない土地に飛び出していってしまった。

兄と連絡が取れなくなってから、父と母は私を呼び戻すために執拗に迫ってくるようになった。なんだかんだと理由をつけてこれまで躱《かわ》してきたが、この頃はましてしつこくなってきている。

「もううんざりや。お前も自由に生きな」

兄は駆け落ちして日本を出る直前、私に電話でそう言った。その時はあまりにも突然のことで、状況が飲み込めないうちに、「じゃあな」と電話を切られたのを覚えている。

「ふざけるな」「逃げるな」「お前のせいで私が継がなきゃいけなくなったじゃないか」と今なら言いたいことが沢山あるのに、罵りたい相手とはもう連絡を取ることもできない。そもそも今どこにいるのか、生きているのかも知らない。

「いいなお前は。好き勝手に生きられて」

自席に戻って事務作業をしながらボソリと呟く。思いのほか声が大きかったのか、隣の席の佐々木《ささき》さんが、今何か言いましたかと訊いてきたので、なんでもないですよと言う。努めて柔らかく答えたつもりが思いのほか強めの口調になってしまったが、佐々木さんは気にならなかったみたいだった。

「そういえば日下部《くさかべ》ちゃん、聞いた？」

「何がですか？」

「橋本《はしもと》君、一月からマレーシアに異動なんだって。確かクアラルンプールだったかしら」

話好きな佐々木さんは、度々こうやって社内のトピック情報をどこからか掴んでくる。橋本君は私と佐々木さんが勤務している部署の営業社員で、私よりも年は一つ下だが、部では稼ぎ頭のエース社員だった。

商社という仕事上、海外人事はそれなりに多い。特に私達の部は東南アジア系の国との繋がりも強い。橋本君が入社以来ずっと海外での勤務を希望していたのは知っているし、選ばれる実力もある。それほど驚くことでもないような気がした。だから私はそれほど驚嘆したリアクションも取ることなく、「そうなんですか。めでたいですね」とパソコンから目を離さずに答えた。佐々木さんは「それでねぇ、この話には続きがあって……」と少し興奮気味になって続きを話し始める。

「今回本当はマレーシアに行く予定だったのは橋本君じゃなくて、水野《みずの》さんだったらしいの」

「水野さんって、二課の水野さんのことですか？」

水野さんは隣の課にいる私と同い年の人で、社内では知らない人がいないほど優秀な女性社員だ。橋本君と比べられることが多い人だが、橋本君よりもできると言われるほどのバリキャリ。ベージュのパンプスと、テーラードジャケットがよく似合う人で、あんな風に着こなして颯爽と働きたいと、私が密かに憧れている存在でもあった。

「そうそう。でもね、なんでか分からないんだけど、水野さんが断ったんだって。ポストは現地法人の支社長クラスで、行けば出世の大チャンスだったのに……。ねぇ何があったと思う？」

佐々木さんはすっかり興奮気味で、仕事の手を止めて私に話し掛けてきている。

「さぁ、マレーシアが嫌だったとかじゃないですか？」

そういえば、兄が逃げ出した先もクアラルンプールだった気がするなと思い出す。写真でしか見たことがない土地だが、首都なだけあってそれなりに都会だったはずだ。

「水野さんに限ってそんなことないでしょ〜。それに、以前もその辺の地域に短期だけど駐在してたことがあったじゃない？」

のっぴきならない事情がある気がするのよねと、どこか愉快げな佐々木さんを見て、なんとなくモヤッとした気持ちが芽生えたが、その感情の正体は分からなかった。

「確かにそうですね。……どちらにしても、私にはもう関係ないことですから」

「そんな冷たいこと言わないでよ〜」

佐々木さんは両手を頬につけながら、寂しくなるわねぇと言った。その寂しいはきっと私がいなくなることではなくて、仕事中に話し掛ける相手がいなくなることへの寂しいだと思った。

母には年末にそんなに早く帰るのは無理だと言ったが、実は今年に限っては可能だった。私の会社との契約期限が、今月いっぱいで切れるのだ。

兄の失踪を機に、両親からは大学を卒業したらすぐに戻ってこいと何度も繰り返し言われ続けていた五年前。私には実家には戻らないという強い意志だけがあった。東京に留まる手段を得るためにと必死になって就職活動に励んだ。だが、二流にもなれないレベルの女子大出身で、家柄ぐらいしか誇れるものがなかった私は、まともに内定すら貰うことができなかった。家柄という変なプライドがあったのも今思えば災いしたのかもしれない。

結局、ありつけたのは契約社員としての仕事だけだった。職場は外苑前《がいえんまえ》の一等地にある誰もが知っているような超大企業。だが、水野さんや橋本君のような総合職で入社したわけでも、佐々木さんのように賢い大学を出て一般職として入社した優秀な社員でもなく、私は誰にでもすぐ取って代わられるような仕事をこなすただの事務員でしかない。

五年近く勤めて働きぶりはそれなりで、悪くはなかったと思っている。時期も中途半端で、契約を切られる細かい事情も知らない。だが、私みたいな人員の扱いなんてそんなものなのかもしれない。

私だって、水野さんみたいに凛と独り立ちして生きていけるかっこいい女性になりたかった。それがどれだけ高望みなのかは十分分かっているはずなのに、そう願わざるを得なかった。

両親には苦し紛れに商社で正社員として働いていると言っている。だが、二人も世間知らずな田舎者ではない。私の経歴ではそんなところに勤めることはできないと、薄々勘づいているのではないかと思う。だからこそ、執拗なまでに呼び戻そうとしているのではないか。そんなところで先のない仕事をするくらいなら旅館を継ぎなさいと遠回しに言われている気分だった。

今は次の仕事を探している真っ最中だが、それも大苦戦している。受けても受けても内定を貰えなくて精神的に病んでいた大学四年生の自分を思い出させる毎日の中で、段々と実家に戻る方が幸せなのかもしれないと思うことも増えた。けれども私は、どうしても彼処《あそこ》には戻りたくなかった。

親に決められた人生、兄に押し付けられた役割で終える人生なんてうんざりする。それでも先立つものがなければどうにもならない。そんなことを最近ずっとぐるぐると考えている。正直疲れた。

「この後日下部ちゃんの送別会だし、楽しみましょ！」

佐々木さんはそう言って自分の仕事に戻った。五年も勤めてくれたからと律儀に部全体で送別会を開いてくれるそうだが、こちら側からすれば却って気まずい。たかが契約社員がいなくなるだけで送別会なんてやってくれなくてもいいのに。そう思ったが、口にするのもお門違いな気がして断りきれなかった。

表参道《おもてさんどう》にあるスペインバルで送別会は行われた。部の七割くらいの人数である二十人ほどが来ていて、社員の中に私が一人だけいる場違い感につい萎縮してしまう。それでもなんとか社交性を出して、簡単に挨拶をした。上長の席をそれぞれ御礼の挨拶をしながら回っていったが、半分くらいはそもそも私のことを認知していない様子で、「あぁ、お疲れ様」と適当に労われた。ちょっとだけ悔しくもあったが、もうそんなもんだと割り切るしかない。

次第に周囲は仕事の話で盛り上がり始め、私は遠巻きにその話をただぼんやりと聞くだけの役割になった。会の名目は私の送別であったはずだが、それはきっと始めから名目でしかない。

話題は橋本君のマレーシア駐在の話に移っていった。正式に発表されていないものをそんなに堂々と言っていいのかと思ったが、上席が振った話題をわざわざ火消しする必要もないのだろう。

橋本くんは念願だった海外駐在が叶い終始嬉しそうに微笑んでいた。お酒も相まってグラスを意気揚々と掲げ、周囲に乗せられるように盛大に煽る。

駐在期間は大体三年程度。長期間になるが、幼馴染の婚約者も一緒にマレーシアに行く予定だと橋本くんは言った。婚約者もさぞ幸せだろうなと嫉妬する思いだった。

誰かが私をどこかに連れ出してくれないかな。今の仕事を始めた頃はそんな邪な思いもあった。だが、周りにもっと綺麗な花がある中で、わざわざ路上に生えている雑草を選ぶような物好きはいない。現実は東京に来てからもずっと冷たい視線で、私を見つめていた。逃げられないぞと、静かにじっと。

私では理解の及ばない仕事の話で盛り上がり始めた頃、その場にポツンと座り続けているのも段々嫌になってきて席を外して表に出た。あの場にいる全員が、私がいなくなったとしてもなんとも思わないだろう。もしかすると、そのましれっと会を締めるかもしれない。正直もうどちらでもいいから、早く家に帰りたい。そう思いながら、簡素なパーテーションで仕切られた路上の喫煙所に入った。

　タバコを吸い始めたのは、兄がいなくなってからのことだった。毎日のように母から掛かってくる電話にイライラして、当時付き合っていた恋人に勧められてストレス解消のつもりで始めた。別に美味しいと思ったことは一度もなかったが、それなりに気分はスッキリする。彼も私をどこへも連れていってくれなかったが、タバコを教えてくれたことには少しだけ感謝をしている。こんなモノでも頼る先がないよりはずっといい。

　呑気に道ゆく車を目で追い掛けながら口から煙を吐き出していると、横から声を掛けられた。

「日下部さんもタバコ吸うんだ。意外」

　驚いて隣を見ると、声の主は水野さんだった。水野さんはウィンストンの白い箱から一本タバコを抜き取って口元に銜《くわ》える。急にごめんねと文字通りふわりと微笑んで、火をつけた。喫煙者であることは知らなかったが、帰国子女らしいハーフ系の端正な顔立ちをしている水野さんにタバコはとてもよく似合っていると思った。まるで映画の喫煙シーンを見ているような、そんな気分にさせられる。

「水野さんもタバコ吸うんですね。知りませんでした」

「敬語やめてよ。同い年じゃない?」

水野さんは静かに煙を吐き出しながら笑う。水野さんみたいな人が、私の名前も年齢も知っていることが意外だった。

「吸わないようにはしてるんだけど、偶に。考え事してる時とか、今日みたいなつまらない飲み会の時は、どうしても吸いたくなるんだよね」

「水野さんでも考え事しちゃう時ってあるん……だね」

「そりゃあるよ~。こう見えて結構ネガティブなんだよ」

そう言って微笑む彼女の表情はとても凛々しく自信に満ちているように見えて、ネガティブという言葉が意味通りに聞こえなかった。

部は同じでも所属の課が異なり、業務中はどこかドラマでよく見る冷徹な女という印象を持たせる水野さんとは、五年勤めていても殆どまともに会話をしたことがなかった。だが、いざこうして話してみると、同い年なこともあってか、とても話しやすくて気さくな人なんだと思った。

私達は暫くそこで他愛もない話をして笑っていた。

もう少し早く話せていればと今更ながら少し後悔する。でも、私とは住む世界が違う、自由を生きる人だ。きっと今後も関わることはないだろう。水野さんが今後歩んでいくであろう未来が眩しくて、羨ましかった。

お互いに三本目のタバコを吸い終える頃、私は水野さんに昼間佐々木さんから聞いた話をした。

「嫌だったら答えなくていいけど、海外駐在断ったって本当？」

聞くべきではないかもしれないとは思ったが、どうせこの日限りの付き合いだと思うと、自然と口が動く。彼女の選択の理由に、私はただ純粋に興味があったのだ。

なんでそんなこと知っているのと水野さんは苦笑いをして、呼吸を整えるかのように深くタバコを吸って、吐いた。それからスチールスタンドの灰皿に短くなったそれを捨てる。

「詳しく話すと長くなっちゃうけど……」

水野さんはそれから少し間を開けた。何を口にすればいいか分からなくて迷っている。そんな表情に見えた。彼女が次に言葉を発するまでに、街並みに似合わない音を響かせるバイクが三台ほど通過して、喫煙所からタバコを吸い終えた男性が二人出ていった。

たっぷりと時間をかけて、水野さんの中で選択された言葉が音になる。

「大人になったら、なんでも一人で決められると思っていたけど、そうじゃなかった。それだけかな」

水野さんはそれ以上何も語らなかった。私もそれ以上は何も訊かなかった。けれど、水野さんと私の間に、似たような地獄と絶望が流れているような気がして、嬉しいような、それでも私の絶望の方が深いと張り合いたいような、そんな言葉にできない複雑な感情が芽生えた。

不意に左手に収まっていたスマホが揺れ始める。母からの電話だった。水野さんはそれを察して先に戻ってるねと言い、私は彼女の言葉に頷いて吸いかけのタバコを指で挟んだままの右手を小さく振る。

水野さんが出ていった喫煙所には、私以外には誰もいなくなっていた。私は未だに左手の中で鳴り止まないスマホに表示される母の名前を見る。

「もう逃げられないぞ」

すぐ傍で父と母がそう言っている気がした。

私は一度表参道の狭い夜空を見上げてから目を瞑る。

温泉街として栄えた下呂市内と街の中央を流れる飛騨川《ひだがわ》を望む一等地に建つ老舗旅館。そこで色無地の着物に名古屋帯を巻いて接客をしている自分を思い浮かべる。朧げに浮かぶその姿は、我ながらそれなりに様になっているような気がした。

それから、さっき水野さんが私に言った言葉を反芻《はんすう》して、自分の中に落とし込む。

大人になればなんでも一人で決められると思っていたけど、そうじゃなかった。きっとそれだけだ。

瞑っていた目を開けて、吸い終えたタバコを捨てる。

応答ボタンを押して右耳にスマホを当てると、母の鼻につく軽快な声が聞こえた。

キャリアと結婚

水野《みずの》 茜《あかね》

人生というのは、些細な選択の連続と、幾度かの重大な決断で成り立っていると私は思う。

例えば、毎朝職場に着ていく服を吟味するのも、口紅の色を変えるのも選択だ。何気なく選択した服装や施していった化粧が、偶然取引先の重役の好みで、好印象を持ってもらえることもあるかもしれないし、その逆も考えられる。

昼食をコンビニで済ませるか、外に出て千五百円のランチを楽しむかも選択だ。時間とお金を惜しまずに外に出たことで、同じ店に来ていた人との出会いが生まれるかもしれないし、コンビニ弁当を買ってオフィスで昼食を済ませようとしたことで、社内で新たな交友関係を築くきっかけになることだってあるかもしれない。

そして、生きている間に一回ないし二回、人生の指針を決める極めて重要な決断を、限られた選択肢の中から下さなければならない時がある。

私の一回目の大きな決断は、大学の進学先を決める時だった。私は、父が仕事の関係で短期間ではあるがシンガポールに駐在していた影響もあって、幼い頃から漠然と日本ではない国での生活に憧れていた。日本を離れて海外の大学に進学するか、大人しく国内の大学に進学するか。幸いなことに、自分が興味のあることには時間を注げるタイプの私は、現実的な視点でその選択を考えられるくらいの学力だけは備えていた。あの頃は随分長い間ずっと頭を悩ませていたのを覚えている。

国内の大学に進学して一年間留学するという選択もなかったわけではない。だが、どうせ海外に行くのであれば、数年知らない文化にどっぷり浸かりながら、知らない生活を経験してみたかった。

結局私は、カナダのトロント大学に進学をした。自分の中にある僅かな勇気を振り絞った選択だったが、後悔はしていない。勿論それなりに苦労もした。日本人にとって比較的住みやすい国ではあったが、言語の壁も、カルチャーショックも大きくてすぐにホームシックになり、夜な夜な泣きながら友人や両親に電話をする日々が続いた。だが、それ以上に得るものが大きかった四年間で、帰国する頃には逆の意味合いで涙を浮かべ、海の向こうでできた友人達に笑われる始末だった。十八歳の私がした、人生最高の決断だったと今も胸を張って言える。

社会人になってからは、今度は海外で仕事をしてみたいという夢ができた。帰国して運良く総合商社に入社することができて、男社会で古い体質のポスト争いに負けないように、毎日齧《かじ》り付くように必死に仕事をした。お陰で同僚達からもそれなりに信頼され、社外用の広報誌にも掲載されるような存在になれた。数ヶ月のプロジェクトのためだけとはいえ、一時的に父が暮らしたシンガポールへの駐在も叶い、知り合いに紹介してもらった縁で素敵な恋人もできた。我ながら、できすぎた人生だと思っている。

だが、絶頂というのはいつまでも続かない。二十八歳になった私は今、人生で二回目の大きな分岐点に立たされ、選択肢を突きつけられている。それもかつてのような、能動的に生み出した選択ではない。

数週間前、恋人である尚人《ひさと》からプロポーズを受けた。薄々そろそろなんじゃないかという気はしていたし、尚人と結婚するのであれば満更でもない。というよりも、尚人以上の人に今後出会える気がしなかった。年齢的にも適齢期で、勝手ながら妻になる覚悟はとうの昔に決まっていた。夢のような一瞬だったが、同時に彼の一言が私の心を大きく揺らがせた。

「結婚したら、仕事は辞めて欲しい」

尚人は私に専業主婦になることを望んでいた。今まではずっと仕事のことを応援してくれていたし、そんなことを考えている気配を感じたことがなかった。

「俺、早めに子供が欲しいんだよね。もう三十五歳になるしね。仕事も脂が乗ってきてるし、今がチャンスだから多忙だけど、ちゃんと茜を養っていけるように俺が出世して稼いでくるからさ……。だから茜には、家庭に専念してもらいたい」

あまりにも突然の要求で私は思わぬところから面を食らってしまった気分で、次の言葉を発するまでに随分と時間が掛かってしまった。尚人はその時、とても不安そうな顔をしていた。叱られた子供が母親から許しを乞うような表情だと思った。

「そ、そんなのいきなり言われても困るよ……。それに私、子供が欲しいとかまだ一度も考えたことがなくって」

結婚することは、私の中でも遅かれ早かれどこかで発生するイベントだろうとは思っていた。だが、その先のことなんて正直何も考えていなかったのだとその時気づいた。

子供がいない家庭だって沢山ある。でも、結婚するということは、一般的に子供を持つという選択肢が浮上するイベントでもある。

尚人も、「早めに子供が欲しい」と言った。それはつまり、子供を産んで育てるということは、彼にとって既に決まっている未来なのだと思った。

「私にだって夢があるんだよ」

声を荒らげないように、至って冷静な口調で話し合いに持ち込もうとしたが、珍しく尚人は頑なだった。尚人にとって、結婚をするということは、つまりそういうことなのだという強い意思が感じられた。

「俺は茜と幸せになりたい」

だから一度しっかり将来のことを考えてみて欲しいと、尚人はそう言った。

それから私は、まだあの日のプロポーズの返事ができていない。

部長からマレーシア駐在の話を打診されたのは、そんな時だった。

時期的にはかなり中途半端なタイミングではあったが、業績が急激に伸びて事業規模が拡大しているクアラルンプールの現地法人を急遽増員することが決まったらしい。そこですぐさま調整会議が行われ、直近の実績と語学力、過去に現地法人の社員と仕事をした経歴がある私が抜擢されたという流れだと部長からは聞かされた。

部長は、私が入社以来ずっと海外への駐在を希望していたことを嫌というほど知っている。駐在経験が四回もある部長は面談があるたびに熱心に私の話を聞いてくれたし、チャンスを与えて導いてくれた恩人でもある。部長のお陰で今の私があるといっても過言ではない。

だからこそ部長は私の口から、「少しだけ考えさせてください」なんて言葉が出てくるとは思ってもみなかったようで、まるで奇怪なものでも見たかのように驚きを隠さなかった。

「何か事情があるのか？」

そう言った部長の声は、私を気遣っているようにも、自分が何を言っているのか分かっているのかと怒気を孕《はら》んで叱責しているかのようにも聞こえる。

「個人的な事情で申し訳ないのですが、少しだけお時間を頂けないでしょうか？」

私は新人時代に大きなミスをして客先に謝罪しに行った時以上に深々と頭を下げた。それでも部長は納得できない様子だったが、頑なに理由を話さない私を見かねたのか、

「分かった。これ以上は訊かない。……ただし今週の金曜日の午前中までに返事を聞かせてくれ。別の人員を配置する準備もしなくちゃならん」

と言って決断までに三日ほどの猶予をくれた。時期とタイミング的に、かなり融通を利かせてくれたのは私でも分かる。そして、それができるのは、私が断った際の代

役が隣の課の橋本君で大方決まっているからだろうということも容易に予想がつく。年次が一つ違う橋本君も、入社して以来海外駐在を強く希望していると聞く。お世辞にもスマートな働きぶりと評することはできないが、それを補う努力とガッツがあり、ここ数年は社内でもかなり目立った活躍を続けていたのを私も知っている。

彼は駐在の話を打診されれば迷うことなく受けるはずだ。きっと私のように断る理由を持っていないだろうから。

尚人には勿論、帰宅してすぐに相談をした。私の念願であること、このチャンスを貰うためにこれまで頑張ってきたのだということも、上手く言葉にできた自信はなかったが、ちゃんと全部伝えきった。

だが、それだけ伝えても尚人は私が駐在の話を受けることに反対した。

「茜さ、結婚するってどういうことか分かってる？　茜の問題も二人の問題なの。自分の我儘だけじゃもう決められない。それが大人になるってことなのにどうしてそれが分からないの？」

そう言った尚人の口調は、これまで一度も聞いたことがないほど強く、攻撃的なものだった。

思わずカッとなって、「尚人の言うことは自分の我儘じゃないの？」と同じような強い口調で反論をしてしまう。

「私は子供が欲しいとかは全然考えたことがないのに、それを夫婦になるんだからって当たり前に押し付けてくるのも、自分は仕事が楽しくて、出世もしたいからって私に家庭を丸投げしようとしてくるのも、尚人の我儘じゃなかったら何⁉」

付き合い始めて三年。喧嘩をしたことがなかったわけじゃない。でも、これほどお互いに感情を剥き出しにして言い合いをしたのは初めてだった。

「じゃあ、プロポーズを受けなければいいじゃないか」

尚人から発せられたとは思えないほど冷酷さを帯びた声音に、思わずびくりとする。どうしてそういう話になるのか分からなかった。私は、二人で選んだダイニングチェアの角を強く握りながら、泣き出しそうになるのを必死に堪える。俯いた時に見えた、いつもは温かみを感じさせる木目の柄が、今日だけは私の心を覗いている眼のように見えた。

「尚人は私のことを愛していないの？」

お門違いなことを言っているのは分かっている。だが、そう訊かざるを得なかった。

いや、それしか訊くことがなかったのかもしれない。形を見失った愛を問いながら、私はいつかの自分の夢を想う。

「愛しているから言ってるんだよ」

そう言った尚人の口調は、いつものようにクラシカルな落ち着きを帯びていて、かつて私が彼に惚れた大人の余裕を見せつけられているように感じた。

約束の期日よりも早い木曜日の午前中。私は部長に駐在の打診を断ることを告げた。部長は私の意思を確認したと告げるように一つ小さく頷いてから、

「残念だ」

ただ一言だけ、そう言った。

私は尚人のプロポーズを受けた。あの日の長い話し合いの末、尚人はひとまず仕事を続けることだけは認めてくれた。築いてきたキャリアを全て手放さなくて済み、胸を撫で下ろしたが、優秀な社員が集められたこの会社、この競争社会で一度駐在の打診を断るということが何を指すのか。私はそれを誰よりも分かっているつもりだった。

もう二度と、海外で仕事をする夢は叶わないだろう。

その事実はとてもじゃないがすぐには受け入れられそうにない。

次の日の夜に行われた同じ部署の日下部さんの送別会は、主役をほったらかしにして橋本君の駐在の話で持ちきりだった。

日下部さんは、年齢も社会人歴も一緒の同期ではあるが、彼女は正社員ではなく契約社員の事務員だったこともあり、この五年間で公私共に接点は殆どない。だが、流石に彼女の扱いを不憫《ふびん》に思ったのと、自分が行けなかった駐在の話で盛り上がり続ける周りの空気に嫌気が差して、静かに席を立って表に出ていく彼女の背中を追い掛けた。

帰るつもりなら一声掛けてから行こうかと思ったが、彼女は簡易なパーテーションで仕切られた喫煙所に入っていく。喫煙者であることは知らなかったが、ちょうど私もタバコを吸いたい気分だったので、彼女に続いて喫煙所に入り、横に並んで話し掛ける。

同情のつもりで声を掛けただけのはずが、思いのほか会話が弾む。

もう少し早く話し掛けていれば、お互いに気の合う相談相手ぐらいにはなったかもしれない。そう思ったが、きっとこれも私がした選択なのだろう。

不意に日下部さんが私に問い掛けた。

「なんでマレーシアの駐在を断ったの？」と。

恐らくは噂好きの佐々木さんから話を聞いたのだろうと見当がつく。そもそも大っぴらに公表されていない人事情報をこんなにも堂々と話してしまう部長達も如何なものかと思うが、そのことで彼女を問い詰めたところでどうにもならないことは分かっている。

日下部さんの問いに答える必要なんてないと思ったが、頭の中ではいつの間にか答えを探していた。私自身も自分の言葉で整理がしたかったのかもしれない。

「大人になったら、なんでも一人で決められると思っていたけど、そうじゃなかった。それだけかな」

気づけば自然と言葉が口から出ていた。組み立てられた言葉の意味は自分でもよく分からなかったが、不思議とすんなり自分の中に落ち着くのが分かった。

人生は選択の連続だ。

そして、私は自分で選んだのだ。

キャリアよりも愛を。

愛？

今度はその言葉が、この決断を自分で納得させるための言い訳に使っているような気がした。

もしかしたら私は、一人で生きていく未来が怖かっただけで、その恐怖から逃れたかっただけなのかもしれない。

いつか、この選択も間違っていなかったと受け入れられる日が来るのだろうか。

そんなことを思いながら、私は東京の狭い空に向かって静かにタバコの煙を吐いた。

憎しみこそが、
愛の正体なのかも
しれないね

中川《なかがわ》 綾乃《あやの》

夢の途中で目が覚めた。甘ったるい泥濘《でいねい》に浸かっているような、冴えない目覚めだ。

昨夜はやけに寝つきが悪くて、遅めのお昼を食べた後に少しだけ横になろうと布団に入ったら、知らない間に時計の短針が数字三つ分も進行していた。小窓から入り込んでいた黄白い日差しは、黒と青と灰色をグチャグチャに混ぜ合わせた悲哀な色に変わっている。

習慣にない昼寝のせいで、身体は爪先まで鉛を詰め込まれたように重だるい。間違いなく日頃の不摂生が祟っていた。重力に逆らって無理やり身体を起こすと、自分の意思と関係のないところから「んぁー」と間抜けな声が漏れ出た。

今日の晩御飯をどうしようかと考えたが、頭の中では何も浮かばない。ひとまず脳内にかかる靄《もや》を晴らそうとコーヒーを飲むためにリビングに向かう。

三人掛けの紺色のソファに腰掛ける彼がテレビを見ながらいつになく神妙な面持ちをしていた。幼さと美しさのコントラストが絶妙に利いた少女が、テレビ画面の中でピアノを演奏している。

真っ黒なドレスを身体に纏う少女が演奏する曲名は確か『幻想ポロネーズ』。晩年のショパンが現代に残した傑作だと、あるテレビ番組で評論家が言っていたのを私は思い出す。

先日、とあるピアニストが自殺したらしい。今まさに画面に映されている少女のことだ。

日本人初となる『ショパン国際ピアノコンクール』の優勝候補と目されていた天才だったとか。それがどれだけの偉業なのかは私では判断ができない。でも、クラシックに明るくない自分が彼女の存在を知っているのだから、きっと物凄いことなのだと思う。

テレビを横目で見ながらキッチンでコーヒーを淹れるための道具をがさがさと漁っていると、彼が物音に気づいて「よく寝たね」と笑う。その微笑みに向けて、「うん。おはよ」と返した。

「コーヒー淹れるけど飲む?」

「飲む。ありがと」

最近高校時代からの友人が近所で小さな珈琲屋さんを始めた。興味本位で豆の種類とか淹れ方を教わっていたら、彼も私もすっかりハマってしまって、今となっては家の棚に焙煎の道具と豆が沢山並んでいる。今日は少し果実の酸味が利いたアメリカンの気分だった。

二人分の豆を挽いてお湯を注ぐと、香ばしい匂いが部屋に広がって、私の頭の靄は、少しだけ晴れた気がした。

いつか長崎に行った時にお揃いで買ったアンティーク調のカップに注ぐと、流行りの純喫茶でマスターが入れるようなものと遜色ない仕上がりになる。その手軽な創造性が私は好きだった。

両手にそれぞれカップを持っていき、ソーサーにミルクの載った方のカップを「どうぞ」と彼に渡すと、ありがと、と言って人懐っこい柔らかな笑みを浮かべた。

夕方の報道番組では、天才少女についての特集がまだ続いていた。

『あんなにもピアノの神様から愛され、ピアノを愛していた彼女が、何故その愛すべきピアノの傍で自ら命を絶ってしまったんでしょうか』

アナウンサーが神妙な面持ちで淡々とニュース原稿を読み上げる。音楽業界の重鎮や、街頭インタビューに応じる人達はみんな、次から次へと彼女の死をいとも簡単に嘆いていく。彼はそれを見て、また少し辛そうな顔をした。見ず知らずの人に感情移入できてしまうのは、彼の良いところだ。

そうか、少女は愛したピアノの傍で死んだのか。愛したものの傍で迎えた最期は幸せだったのだろうか。それとも……。

ふと、ある小説のセリフが頭に思い浮かぶ。気づけば私は歌うように口ずさんでいた。

「憎しみこそが、愛の正体なのかもしれないね」

私がボソッと呟いたのを聞いて、彼は一瞬考えるような素振りを見せてから、「そうかもしれないね」と右手で左の耳を触りながら言った。その所作は、嘘をついたり誤魔化したりする時の彼の癖だった。彼はきっと、言葉の意味を量りかねたのだと私は思った。

貴方が最期を迎える瞬間に、隣にいるのが私だったら、貴方は幸せなのだろうか。

心の中で答えの出ない疑問を重ねながら、私は彼の隣に座った。

「憎らしい」と「愛らしい」は似ている。二つの感情は決っして同化することはない。けれども確実に結びつきがあり、表裏一体となって複雑な感情を生み出す。憎らしいほど愛らしく、愛らしいほど憎らしいのだ。複雑に結びつき、綺麗に解けることはない。私はそんな感情のことを「愛」と呼んでいる。つまり、「愛」の正体は「憎しみ」であり、「憎しみ」の正体もまた「愛」なのだ。

改札の雑踏の中で香奈《かな》が手を振るのを見て、私は開いていた本のページに栞を差し込み、そっと閉じる。外していたカバーを付け直し、ショルダーバッグにしまう。

香奈は会社の同期で、新入社員研修を受けていた頃からの友人だった。京都に住んでいた頃は私と同じ部署に所属していた。私の結婚と夫の転勤に伴い東京に引っ越して香奈とは離れることになった。とはいっても、勤め先がそれなりの大企業なだけあって、私は転職をしたわけでもなく、社内制度を使って京都支社から東京本社に勤務先を移しただけだ。

定期的に連絡を取り合って近況報告をしたり、仕事の愚痴を言ったり相談をしたりすることは、私が東京に出てきてからも頻繁にあった。だが、こうして実際に会うのは京都を離れてから実に二年ぶりのことだった。

「綾乃久しぶり〜！　元気だった？」

香奈は改札口を抜けると、小走りでキャリーケースを引きずりながら私に駆け寄り、勢いそのまま両手を広げて抱きついてくる。首元から香奈が好んで使っていたＤｉｏｒの『ソヴァージュ』がふわりと香った。

「元気元気。香奈も相変わらずだね」

苦しいよと言いながら香奈を引き剥がすと、男受けの良い童顔に笑みを浮かべてニヤニヤしていた。笑った時に見える八重歯が彼女をより一層幼く見せていて、時々無意識に一つ年上であることを忘れそうになる。

「なんかすっかり大人って感じだね。東京って感じがする」

香奈は私の頭から足先までを舐め回すようにジロジロと見ながら言う。その挙動不審な様子に懐かしさを覚えた。

「そう？　私は全然東京に染まり切れてなくて、結構肩身が狭いよ」

みんな冷たくて嫌になるわ、と寂しさから出た不満を口にしている間にも、香奈の背後からは改札口を出てきた多くの人達が、ゾロゾロと脇を抜けていく。

「でも東京で働いてるって、やっぱりなんか羨ましいよ。しかも丸の内でしょ？　いいなぁ、私も本社異動の人事出たりしないかなぁ～」

香奈はそう言って、もう一度八重歯を見せながら快活に笑った。

四月を迎えて、都内は連日暖かい小春日和が続いているが、時々吹く東風ははっと目が覚めるほど冷たい。まるで、浮かれている世間に警鐘を鳴らしているみたいだと思った。香奈は寒さ対策には心許《こころもと》なさそうな薄手の白いワンピースをふわりと翻すと、「せっかく東京に来たんだから案内してよね！」と言って、私の手を引いて颯爽と歩き出した。

私の手を引く香奈の手の暖かさが妙に優しく感じて、泣きそうになってしまったのは、懐かしさからではないような気がした。

清澄白河《きよすみしらかわ》駅を出て、東京都現代美術館を訪れた。なんでも香奈が好きな芸術家が展覧会をやっているらしい。香奈が東京を訪れた理由は、私に会いにきたのと、このイベントに来たかったのと半々くらいだろう。香奈は京都の美大出身で、元々油画を専攻していたこともあり、芸術作品に明るい。私達が勤める会社は金融機関なので、香奈の学歴は同期の中でも異質だった。画家やデザイナー、クリエイターといった制作系の進路を選ばなかった理由が気になって聞いたら、「創作するより、私は見てる方が向いてただけだよ」と照れたようにころっと笑いながら教えてくれた。美大に進んだ人の中にも、そういう人種は結構多いらしい。

「趣味の範囲で、分からないものを分かった気になるくらいの芸術への向き合い方が、私にはちょうどいいんだよね」

香奈は子供みたいに静かにはしゃぎながら、ほら、この作品だって訳分からないけど面白いでしょ、と美術館の中を自由に闊歩した。芸術に触れている時の香奈は、心からそれを愛しているのが伝わってくる。いつになく肩の力が抜けていて、頬がだらしなく緩み、私の知らない世界にうっとりと浸っているのだ。彼女にとっての適切な距離感で芸術への愛と向き合う姿勢が、私には羨ましく思えた。

夕方になって、隅田川《すみだがわ》を一望できる開放的なテラス席がある『CLANN BY THE RIVER』というお店で、クラフトビールを飲みながら、香奈はまだ、あの作品が良かった、あの作品はこういう手法を使っていてね、と興奮冷めやらない様子で焦っているかのように私に現代美術の凄さを語った。

「香奈はさ、好きな芸術作品の傍で死ねたら幸せだと思う？」

香奈が会話の途中で息継ぎをするかのようにクラフトビールを喉に落としたタイミングで、話の流れをばっさりと切って訊いてみた。なに急に〜、と頬を緩ませたまま間延びした声を発して、香奈は口元の泡を拭った。

「この前有名なピアニストの女の子が自殺しちゃったじゃん？」

「あ〜、そういえばあったね、そんなこと」

ピアノにもたれながら練炭自殺かなんかしちゃった子だよね、と香奈は緩み切っていた表情を少しだけ締めた。そうそう、と私は相槌を打つ。

「理由は分からないけど、ピアノの傍で死ぬことを選択して、幸せだったのかなって」

日が暮れて青黒く染まった隅田川を揺らしながら、今日一番に冷えた風が吹き抜けた。どこからか桜の花が一輪だけ飛んできて、テーブルの上に落ちた。香奈はそれを拾って、親指の腹で撫でるように触れる。

「私は、私が大好きなアートに囲まれながら死ねたら、もしかしたら幸せかもしれない」

香奈はその光景を想像しているのか、特定の作品を思い浮かべているのかは分からないが、ニヤリと笑った。その後、でもさ、と言って、神妙な雰囲気を漂わせた。

「そのピアノの子は違ったんじゃないかと思うよ。強いて言うなら、復讐？みたいな感じな気がする」

「復讐？」

どういうことかと私は訊く。香奈は、想像の話だからね、と念を押すように言う。

「ピアノという存在に人生を縛られて、生き方を決められて、勝手に期待されて、でもそれが嫌なのにピアノという楽器のことは愛してやまなくて、離れられないことが憎らしくて、そういうものを全部壊したくなって、その愛情ごと道連れにしてやろうって思っても不思議じゃないかなって。だから復讐。愛おしくて、憎らしくて堪らなかったピアノに対してのね」

それだけ言うと、全部想像の話だからね、と香奈は恥ずかしそうに視線を落として、顔の前で手をひらひらと振った。摘んでいた桜の花が指からすり抜けて、風に乗ってゆらゆらと隅田川の方に流された。それを見て香奈が、「あっ」と声を上げる。

「この流れでちょっと重い話してもいい？」

桜の行方に気を取られていた香奈は、私の言葉を聞いて「なになに言ってごらん」と興味深そうにテーブルに両肘をついて身を乗り出すようにしながら、俯き気味の私から発せられる次の言葉を待っていた。

「あのことがあってから、やっぱり彼と上手くいってなくてさ」

私は昨日の夕方に見ていた夢を思い出す。私と彼の間には、生まれてくるはずだった小さな命があった。その夢の中では、私と彼の愛を受けながら、すくすくと育っていた。彼が笑顔を向けると、輪郭は朧《おぼろ》げなのに、彼とよく似た朗らかで人懐っこい笑みを浮かべているのが分かった。キャッキャとはしゃぐ声が、夢の中の出来事なのに、鮮明に思い出せた。

無理やりその空間から追い出されるように、夢の途中で目が覚めると、薄暗い寝室にいた。ダブルベッドには私以外誰もいなくて、代わりに全身が泥濘に浸かったような重だるさだけが残った。

私が二十四歳の時の話だ。二十九歳になった今、結婚の決め手になったその子供は、存在していない。運が悪かった、どうしようもなかった、と産婦人科の医者は慰めにもならない言葉を私と彼に向けて繰り返すだけだった。

私と彼を結んだその子がいなくなってから、私達の関係は目に見えてギクシャクしていた。彼は相変わらず優しかったけど、私の身体に触れることはなくなり、昨日もソファに座っていた彼の横に行くと、静かに席を立ってしまった。

「彼はこのまま私といて、幸せなのかなって。私はこのまま彼といて幸せなのかなって。あの子がお腹にいた頃は、そんなこと考えたこともなかったのに、今はもう、分からなくなっちゃった」

テーブルを挟んだ間に流れる気まずさの匂いを察して、ごめん、重いよねこんな話、と私は無理やり顔の筋肉を動かして、表情を作り上げる。けれど、正しく笑えている自信はなかった。

香奈は優しい声で、「ううん、全然」と首を振った。

「私、二年くらい前に、寂しさを理由に五個下くらいの大学生と、不倫みたいなことしたことあるんだよね」

脈絡なく発した言葉に香奈は、「知らなかった」と少し驚いたように目を見開いた。

「東京に出張してた時に偶々会った子でさ、その時は産めなかったことの喪失感とか、彼との間に空いた溝が怖くて、とにかく一人でいるのが寂しくて、それを埋め合わせるみたいにその子を利用しちゃったの。同じように傷ついている人をほったらかして、傷つける必要のない子も傷つけて、本当に最低だよね。いい大人のくせに何やってるんだって感じ」

言い訳がましくならないように、なるべく悲壮感を抑えても、自分がしたことを正当化するような響きが残っていて、臓物を全て押し潰されるような圧迫感を覚えた。私は、最低だ。自分が一番傷ついているって信じて疑わなかったのだから。

香奈はきっと、私のことを軽蔑する。されても仕方のないことだと思った。息が詰まりそうな沈黙を、道ゆく数人の会話が埋めてくれた。日がいつの間にか沈み、街灯の薄橙色の光が、隅田川に架かる青い鉄橋を照らしていた。風は場違いなほど穏やかで、残り少なくなったグラスをカタカタと静かに揺らした。香奈が突然、沈黙を裂く。

「昔、熱心に追い掛けていた芸術家の人がいるんだけど」

「前に教えてくれた日本画の人のこと？」

「そうそう。よく覚えてるね。その人曰く、大人って、人に言えない傷を幾つ抱えているかだそうよ」

「何それ、全然分からない」

なんだか可笑しくなって私は笑った。

香奈は、まぁ聞いてよ、と八重歯を見せてニヤリと笑う。

「人ってさ、多分傷ついた分しか、優しくなれないんだよ。痛みを知ってるから、誰かに優しくできたり、愛し合えたりする。だから、人には簡単に言えないくらい深く傷ついたことのある人は、同じくらい優しくなれるはずだよ。私はそれが、大人ってやつだと思うの。綾乃と彼は、それをちょっと間違えてるだけ。まだ間に合うよ。やり直せる。幾らでも。憎たらしいほど愛おしくて、彼の隣で最期を迎えるのを後悔しないでいられる日を迎えるのは、そんなに難しくないと、私は思うけどね」

香奈はへへっとあどけなさの残る顔に笑みを浮かべた。

全部がなくなったわけじゃない。病室で声にもならない泣き声を上げていた私が、いなくなるわけでもなかった。

何か言葉を掛けようとして、何も言ってくれなかった彼の表情を思い出しても、痛みは痛みのままだった。

それでも、彼が差し出してくれた手は暖かくて、縋りたくなるほどに優しかったのを思い出した。

傷の深さの分だけ、痛みの重さだけ、私達はまだやり直せるのかもしれない。

「音楽は自由にする」
はずだった

宮本《みやもと》　和音《かずね》

拝啓

蝉の鳴き声に夏の到来を感じさせられるこの頃、如何お過ごしでしょうか？

神谷先生に最後にお会いしてから十年ほどの月日が経ってしまいましたが、変わらずお元気でしたら私としても何よりでございます。

格好つけて書き出しを考えていましたが、このままでは何日かけても書き終えられる気がしなかったので、以降は手紙に似つかわしくない砕けた文調になってしまうことをどうかお許しください。

さて、突然お手紙を出しましたのは、幼き日の私が先生に伝えられていなかった感謝を今更ながら余すことなくお伝えしておきたいと思ったからに他なりません。

優しく向日葵《ひまわり》のような温かさを持った先生は「感謝されることなんて一つもないわ」と仰るのかもしれませんね。

はたまた、先生が教鞭《きょうべん》を執っておられました田園調布《でんえんちょうふ》のピアノ教室の一生徒でしかなかった私のことなど、この手紙を読むまでとうに忘れてしまっていたかもしれませんね。（それは少し寂しくもありますが……）

兎にも角にも、母に連れられて訳も分からずピアノ教室に通い始めた私に、ピアノを弾く楽しさ、難しさ、喜び、色んな感情を教えてくれたのは紛れもなく先生でした。先生が最初に私にピアノを教えてくださった曲を覚えていらっしゃいますでしょうか？　ルートヴィヒ・ヴァン・ベートーヴェン作曲の『歓喜の歌』です。

ピアノ初学者向けの曲ですが、物覚えが悪く、左手のリズムが右手につられてしまいがちだった私は、この曲を弾けるようになるまで随分時間が掛かりました。ですが、先生は呆れることも怒ることもせず、朗らかに微笑み、励ましの言葉を掛けてくださいましたね。

初めてステージに登壇した小さなピアノ発表会で、辿々《たどたど》しくも最後までこの曲を弾き切った私に向けてくれた先生の笑顔を、私は未だに忘れることができません。「歓喜の歌」という曲名のように、私がピアノを弾く喜びを覚えたのは、この瞬間に他なりません。

本音を言うと、私はピアノを習うことが少しだけ嫌だったんです。本当は外で友達と走り回ったり、水泳教室に通って身体を動かしたりしている方が好きだったんです。けれど、ピアニストになりたかった母がどうしても私にピアノを習わせたいと言って、無理やり運動から引き離して教室に通わせたのです。

もしかすると、先生は私が教室に通い始めた頃はさほどピアノに興味がなかったことに気づいていたのでしょうか？　先生は私が学校や家で嫌なことがあるとすぐに気づいていましたから、「そんなことお見通しだわ」と笑われてしまうかもしれませんね。そんな私も、最初の発表会を機にピアノを弾くことがどんどん好きになっていきました。

レッスンがある日は、学校が終わると一目散に駅へ行き、東急東横《とうきゅうとうよこ》線に乗って田園調布にある先生のピアノ教室に向かいました。思い通りに運指ができずに私が不貞腐れていると、先生はよくピアノを弾いてくださいました。私は先生のピアノが聴きたいがためにわざと調子が悪いフリをしてみたりなんかしたこともあるんです。そんなこともお見通しですよね。

ショパンやリスト、ブラームスにロッシーニと、先生は本当に沢山のクラシック音楽をその歴史と共に教えてくださいました。

ドビュッシーの代表曲でもある『月の光』は、フランスの詩人が手がけた詩集で描かれた、「相反する感情が渾然一体となった曖昧な世界を言葉を使わずにピアノの音だけで表現したものだ」と教えてくれたのも先生でしたね。あの後、私があまりにも先生に「月の光を弾いて」と駄々を捏《こ》ねたもんですから、内心嫌気が差していたんじゃないかと今更心配になります。しかしながら、私は本当に先生が弾いてくれるピアノの音が大好きだったんです。

小学校の高学年になった頃、先生のご指導のおかげもあり、私の弾くピアノは自他共に認められるほど凄まじい勢いで上達していきました。元々とびきり恵まれた音を聞き分ける聴力が備わっていたからかもしれませんが、手が大きくなり、技術が追いついてくるとより一層表現力に磨きが掛かっていきました。

今思えば、この頃が一番楽しくピアノを弾けていた時間だったと思います。年不相応の難しい曲でも、一度楽譜を見ながら音源を聴けば難なく自分のものにすることができましたし、周囲の勧めで参加したコンクールで、一位を取ることもできました。

私にしてみればピアノを弾くことによる順位なんてどうでもいいことでしたが、先生は勿論喜んでくれましたし、何よりも普段は滅多に笑ってくれない母が、目にうっすらと涙を浮かべながら褒めてくれたことが嬉しくて堪りませんでした。

それから暫くは、コンクールを回る日々が続きましたね。私が母の笑顔を見たいがために、色んなコンクールに出たいと我儘を言ってしまったせいで、先生には本当に多大なご心労をお掛けしました。他の生徒のレッスンがある中でも、時間を作って私に指導をつけてくれた先生には感謝しかありません。大好きなピアノを通して、母が笑い、先生が褒めてくれる時間が私にとっては何よりも幸せでした。作曲家の坂上龍一《さかがみりゅういち》先生は、「音楽は自由にする」と仰いました。文字通り、ピアノは私に自由をくれていたのです。

　先生との別れは思いがけない突然の出来事でした。覚えていらっしゃいますでしょうか？　本戦にも進めないだろうと自分の実力に高を括ってチャレンジした、全日本ジュニアコンクールでの話です。近年該当者なしが続いていた一位を私が取ってしまったことが全ての始まりでした。

　コンクールの後、自分でも所在が分からなくなるくらい沢山の人に囲まれて、巨大な壁に迫られるような圧迫感を覚えながら、恐怖から逃れるように先生の腕にしがみつき、母が見知らぬ大人から名刺を受け取っている姿を眺めていました。

　私はどこかに連れていかれてしまうのだろうか。そんな不安感に苛まれる中、先生が私の頭をそっと撫でてくれただけで、どれほど心が救われたか分かりません。ですが、悪い予感は当たり、母は随分あっさり先生に私の指導者を変えると告げてしまいました。私はその言葉にどれだけ絶望したでしょうか。

私のピアノが輝きを持ち認められるようになったのは全て先生のおかげだということも、私がどれだけ先生を慕っていたかなんてことも、母は少しも関心を持ってくれなかったんです。母にとって私は、自分が果たせなかった夢を叶える代替品でしかなかったんです。

私はその日の夜に流した涙の味を、未だに思い出すことがあります。私から先生とピアノの自由を奪った母への恨みと、母の言いなりになって何も言い返せなかった弱い私自身への軽蔑とが混じり合ったような、最悪な味でした。

先生にピアノを教えてもらえないのなら、私がピアノを弾く理由なんて殆どなかったんです。

それでも私がピアノを弾くのを辞めなかったのは、私は私が思う以上にピアノを好きになってしまっていたこと。愛していたといっても過言ではないほど、あの黒と白の鍵盤と奏でられる音の虜になってしまっていたこと。そして何より、先生が私に言ってくれた「私はいつまでも貴方の自由なピアノを愛しているわ」という言葉があったから、私はその後もピアノに向き合うことができました。

先生の後に私の指導者になったのは、母が選んできた井澤《いざわ》さんという方でした。きっと先生もご存知ですよね。ショパンコンクールで日本人歴代最高順位である二位を二度も獲得した実績がある、現代ピアニストの巨匠とも言われる人でした。

後から聞いた話ですが、私の演奏を聞いた井澤さんが、「ちゃんとした指導者に習えばショパンで一位を取れる才能がある」と母に触れ込み、自ら指導者を買って出たそうです。

井澤さんは私の指導者になる何年か前に都内で起きた多重事故に巻き込まれた際の後遺症で、左腕に麻痺が残り、既に演奏者を引退しておられましたが、指導者としての指摘は本人の堅実な演奏を彷彿とさせるほど的確で、毎日のレッスンが誇張なしで地獄のような苦業の繰り返しでした。

ミスを嫌い、譜面通りの的確な演奏を好み、「アレンジは作曲家への冒涜《ぼうとく》だ」と主張し、先生が私を褒め、愛してくれた「自由」な演奏を真っ向から否定されました。

「お前はショパンで一位を取らなきゃいけない」

井澤さんの口癖でした。取らなきゃいけない。一体それは誰のためだったのでしょう。少なくとも私の求めていたものではありません。

歪んだ熱は次第に母にも伝染し、洗脳されるように私達の共通の目標は定まっていきました。

ピアニストになりたかった母の夢。ショパンで一位を取りたかった井澤さんの無念。私はここでもまた、人の夢を叶える代替品になってしまったのです。

これまで許されていたあらゆる時間が奪われ、中学生になってからは碌に友達もできず、生活の殆どはピアノに侵食されました。井澤さんの熱に侵されるように母の叱責も強くなり、先生に助けを求める暇もないほど、私は鍵盤に向き合わざるを得なくなってしまったんです。

自由と引き換えに得たものはあります。コンクールの受賞歴です。井澤さんから指導を受け始めてから、私は国内で出場したコンクールは大小問わず一つも取り零すことなく総なめにし、中学を卒業するよりも前に井澤さんの意向もあってウィーンの学校に長期留学という形で拠点を移しました。

ヨーロッパで開催される国際的なジュニアのコンクールでも、私（というより私が弾く井澤さんのピアノ）は評価され、どこからともなく天才少女と持てはやされるようにもなりました。

井澤さんの見込み、いや、目論《もくろ》みというのが正しいかもしれませんが、私は将来のショパンコンクール一位を世間からも現実的な視点で受け入れられてしまう存在になってしまったんです。

この身体が、この望んだわけでもなく恵まれてしまった聴力が、この指が壊れてさえしまえばと何度破壊衝動に駆られたか分かりません。幾度となく自傷行為に及ぼうとしたことがあります。それでも、私には、自分の身体を傷つけることができませんでした。ピアノを弾けなくなってしまうことが、その先を生きていく未来があることが、身体を傷つけることよりも怖くて堪らなかったんです。

たかがピアノでと普通の人なら思うのでしょうか。しかし私には、これほどまでに憎いピアノを、あるいは愛しきってしまっていたのだと思うのです。

憎悪と愛が入り混じった私の日常の中でも、私を唯一救ってくれたものがあります。井澤さんにも母にも干渉されない夜中に、ドビュッシーの「月の光」を静かに弾いている時間でした。

その瞬間だけは、先生と共に、ただ赴くままに、縛られることもなく自由にピアノを弾けた、あの田園調布のピアノ教室のレッスン室に心だけでも運ぶことができました。

紛れもなく、この瞬間に弾いているピアノが、私の愛しているピアノだったんです。酷く長い自分語りをしてしまい、申し訳ございません。

私も何を言いたかったのかよく分からなくなってしまいましたが、私はただただ、もう一度先生にお会いしたかったのです。先生はきっと、私の苦しみを分かってくれる。この檻から私を救うように手を差し伸べてくれる。そんな勝手な期待をしていました。

この手紙は、ウィーンで先生を思いながら書いています。ですが、つい先日まで私は日本に帰国していました。ショパンコンクールの本戦出場の権利を得るために浜松《はままつ》国際ピアノコンクールにエントリーをしていたのです。数年ぶりの日本。成田《なりた》空港に着いた後、私は井澤さんと母をなんとか振り払い、一目散に先生のピアノ教室がある田園調布に向かいました。

見慣れた景色、歩き慣れた道。先生に漸く会えるという喜びで歩幅が段々と大きくなりました。

何度も同じ道を歩きました。間違えようもないのに、繰り返し、繰り返し、何度も先生の名前の表札が掛かった家を探しました。けれども、どこにも見つけられませんでした。当然ですよね。

何時間も同じ道を行き来する私を不審に思い、声を掛けてきた近所に住む女性が、先生は一年以上も前に亡くなってしまったことを教えてくれました。

月並みですが、それ以降のことは正直よく覚えていません。気づけば私はウィーンの自宅に戻っていて、閉じられたグランドピアノの蓋の上には、浜松国際ピアノコンクールのトロフィーが置かれていました。

事実と虚無と理想とが並べられた部屋。私は衝動に任せて破壊を繰り返しました。コンクールのトロフィーを壁に投げつけ、井澤さんの赤い字で指摘が入った課題曲の楽譜を破り去り、母が私に買い与えた黒いドレスをハサミで切り裂きました。それでも、部屋の真ん中に置かれたグランドピアノだけは傷をつけるどころか、触れることすらできませんでした。その歪み切った愛がまた、私の心を掻き乱しました。

目も当てられぬ惨状の中、私は先生に手紙を書いています。

先生、私にとって貴方は本当の母親のような存在でした。そして、貴方が教えてくれたピアノが、音楽が、私にとっての自由であり、愛そのものでした。

私はこれ以上、先生が教えてくれたピアノに憎しみを抱きたくないんです。

ですので、この手紙と共に、母と井澤さんの夢も道連れにして、終わりにしたいと思います。

愛は人を救うでしょうか？　私は、愛こそが人を殺すものだと思います。

この手紙は先生への感謝を綴った、私の遺書です。

最後まで何も返せなかった私をどうか許してください。

溢れるほどの愛に心からの感謝を。

そして、音楽は自由であることに祈りを。

願わくば、道の途中でまたお会いできることを祈っています。

先生、どうか良い旅を。

敬具

宮本和音

神谷美里《かみやみさと》様

追伸

私の心は、いつまでもあの陽だまりの中にある田園調布のピアノ教室に。

「パブロ・ピカソ」は
夢を見た

反田《はんだ》 香奈《かな》

私が芸大を卒業していることを聞くと、同僚の大半はこう言った。

「なんでうちの会社に入ったの?」と。或いは、「なんで絵をやめちゃったの?」と。

確かに私の勤め先である金融機関は、一般的に言えば芸大でずっと油画を書いてきた私のような人がくる会社ではないのかもしれない。

自己紹介をしたり、出身大学を聞かれたりするたびに、同じことを答えるのが面倒になった私は、「創作するよりも見ている方が性に合っていた」という大義名分を作り上げた。当然それは本意ではないし、絵を描くことをやめた理由でもない。

絵を描くきっかけを私に与えたのは、美術の先生をしていた叔母の知里《ちさと》さんだった。

知里さんは、私立高校の教師として働く傍ら、イラストやデザインの仕事も掛け持ちしていて、鴨川《かもがわ》沿いの小さなビルの一角にアトリエを持っていた。

共働きだった私の両親に代わって、学校から帰ってきて父か母のどちらかが帰宅するまでの間、私はよく知里さんの元に預けられた。結婚はしていたが知里さんには子供がいなかった。だからという訳ではないが、私を自分の娘のように可愛がってくれて、友達が多くなかった私の遊び相手になってくれた。

非常勤講師として週に三回程度高校生に美術を教えに行く以外の多くの時間を知里

さんはアトリエで過ごしていて、必然的に私もその六畳ほどの小さなアトリエに頻繁に通っていた。

「香奈ちゃんも描いてみる?」と知里さんが私に言ったのは八歳の頃だった。その頃知里さんは、締め切りが近いデザインの仕事を幾つか抱えていて、いつもより多忙そうだった。

迷惑を掛けたくないなという思いと、知里さんの影響を受けて元々少しだけ絵を描くことに興味があった私は、知里さんの問いに、「やりたい!」と即答した。

知里さんは作業ができることへの安堵感と、私が絵を描いてみたいと言ったことへの喜びが混ざったような笑みを浮かべて、二十四色の絵具とパレット、三号サイズのキャンバスを載せた子供用のイーゼルの前に私を座らせて作業に戻った。

さて、何を描けばいいのだろうと私は頭を悩ませた。絵は退屈な学校の授業中にノートの端っこに落書きをする程度しか描いたことがなかった。

アトリエの中には、綺麗な楕円形をした河原石や知里さんが好きで部屋に飾っているライラックのドライフラワーなど、題材になりそうなものが沢山あったが、どれを見ても私の心を擽《くすぐ》るほど面白そうなものはなかった。

何か他のものはないかと椅子に座ったままアトリエを見渡していると、ちょうどイーゼルに立て掛けられたキャンバスと同じくらいのサイズの小窓から見える景色が目についた。

小窓からは四条大橋《しじょうおおはし》の中心くらいに降りてきた夕日と、その暖かい光が包む京都の街並み、河川敷でくつろぐ数人の人が見えた。

「これだ」

私はすぐに知里さんが貸してくれた油彩筆を取って白紙のキャンバスに今見たままの色に近いものを落とした。下書きという概念は当時の私にはなく、ただ知里さんの見よう見まねで筆を走らせていった。描きたいものをただ乱雑に描いたそれは、お世辞にも絵として完成したと言える代物にはならなかった。描いている最中はイメージ通りに描けたと思っていた箇所も、離れて見てみると全く違う出来栄えになっていて、私は知里さんがよくそうするように、眉間に皺を寄せながら、「うーん」と唸《うな》り声を上げた。

少女に似つかわしくない表情と唸り声を上げていた私に気づいた知里さんは、「どれどれ」と言って私のキャンバスを覗き込んだ。その瞬間、ブワッと顔が熱くなり、自分が描いたものを見られている恥ずかしさから思わず席を立ってキャンバスから離れた。

こんな不格好な絵を見られたら笑われちゃうかもしれない。そう思ったが、知里さんは私が描いた京都の街並みをじっくりと見た後、「香奈ちゃん、本当に初めて？とっても上手！」と興奮した様子で私の元に駆け寄り、「将来有名な画家さんになれるかもしれないわ」と言いながらその細く白い腕で私を担ぎ上げ抱きしめてくれた。

私はこの日知里さんから伝わってきた暖かな体温と、高揚した笑顔を辿って、二十二歳になるまで絵を描き続けることになる。

「好きこそ物の上手なれ」という言葉がある。好きなことなら無意識に熱中できるため、物事が上達するのも自ずと早くなるという意味だ。

私はすぐに絵を描くことが好きになった。何を描いても知里さんが大袈裟に褒めてくれたからというのもあるかもしれないが、自分が描きたいものを思い通りに描けた時の快感が忘れられなかった。中学、高校と上がっていくにつれ、より一層描くことに夢中になり、知里さんのアトリエを借りながら毎日無我夢中で絵を描き続けた。

「私は絵を描いて生きていくんだ」

少しもその未来を疑っていなかった高校生の私の進路希望は美大一択だった。

日本最高峰と言われる東京藝術《とうきょうげいじゅつ》大学への進学を目指したが、浪人が当たり前と言われる門は高く重厚で、一次試験の突破も叶わなかった。それならばと同時に都内の私大で二大美大と称される武蔵野《むさしの》と多摩《たま》も受験したが、どちらも受からなかった。

美大進学のために浪人することを父は少しだけ渋っていたが、知里さんの後押しもあって私は一年だけ猶予を貰うことができた。それでも志望校は悉《ことごと》く落ちる羽目になる。結局私は、唯一受かった地元の京都市立芸術《きょうとしりつげいじゅつ》大学に進学した。

本当は現役での受験に失敗した時に気づくべきだったのかもしれない。

私はさほど絵が上手くはなかった。絵が上手くなかったというよりは、芸術の才能がなかったというのが正しいかもしれない。八歳の頃から夢中で描き続けた甲斐もあって、技術は周囲の学生と比較しても見劣りしなかったからだ。しかし、見たものをそのまま美しく描くだけの私の作品には、肝心な表現と創作者の意思が欠落していた。

「小手先の技術で表現をした気になっている作品。例えるならば、ジャズピアニストがソロのアドリブパートを予め作った楽譜通りに演奏してドヤ顔をしているみたいなものだ」

現役のアーティストでもあり、大学で油画を教えてくれた先生は私の作品を酷評した。簡単に言えば、「つまらない」と。

芸術には理論がある。いわゆる基礎だ。映画には構成やカットがあり、写真には構図があるように、絵画にも同様のモノがある。それらには幾つかの定められた様式があり、踏み外さなければ素人でもそれなりの形になる。数学者エウドクソスが最初に発見したとされる黄金比はその代表例だ。私はその理論の面では博識な部類ではあった。しかしながら、理論に囚われてしまっていたと言い換えることも可能だった。

「芸術は先人が築き上げた理論の中で解釈がされるが、面白そう、気持ち悪い、楽しそう、そんな直情的な感覚で理論を破壊できる人間にしか、芸術は創れない」

これは誰かに言われた言葉ではなく、私自身が大学四年間で得た学びだ。私にはそれができない。確かにそう思わされた人がいた。同じ油画専攻のクラスにいた野呂《のろ》さんという人だ。

彼女はその日、空き教室の一角で石膏像《せっこうぞう》を見ながらキャンバスに向かっていた。彼女はいつも気だるそうに絵を描く人だった。眼差しに覇気はなく、惰性でキャンバスを塗り、授業で出された課題の油画は上手いけれど特徴はない人。そんなイメージだった。だが、廊下から見えた彼女のキャンバスは明らかに異様な雰囲気を纏っていた。

「ねぇ、何を描いているの？」

私は自分でも気づかない間に彼女の横に立ち、そう訊いていた。野呂さんは首だけを動かして私を見ると、「何って、その石膏を描いてるんだよ」と筆で目の前にある石膏像を指した。

そう、彼女は石膏像を描いている筈だった。だが、その絵はどこからどう見ても、彼女の前に置かれたモデルの石膏像とは異なっていた。

目の前の石膏像は明らかに男性の顔をしているのに、彼女が描いたそれはキャンバスの中では女性の顔をしていて、首に太い縄を巻き、右半分は苦悶と思える表情を、左半分は快楽とも降伏とも取れるような表情で描かれていた。どうしてそんな作品になるのか、一体何を描きたいのか、私にはさっぱり理解ができなかった。ただ、異様に惹かれ、私は暫くその絵から目が離せなくなった。

「分からないから教えて欲しいんだけど、野呂さんはどうしてこれを描いたの？」

そう訊いた私の声は心なしか震えていた。どちらかと言えば恐怖に近い感情からの震えだった。彼女は頬についた絵具を拭い、一度自分のキャンバスと石膏像を見比べた。それから、私と同じように、「分からないから訊くんだけど」と前置きをしてから、「見たままの通りに描いたつもりなんだけど、なんか変?」と言った。

瞬間だった。絵筆が折れる音が廊下から反響して聞こえた気がした。私と彼女に物理的に開いていた二歩程度の距離の間には透明な壁があって、私は壁の向こうに手を伸ばすことができない。そんな錯覚に襲われた。逃げるように教室を出ても、誰も追い掛けてはこなかった。

私が見ていた夢の残り香だけが、彼女の傍に留まっていた。

絵は嫌いになれなかった。今でも一人で美術館を回ることだってあるし、大学の同級生達とミレーやレインの作品について話す時間も好きだ。だが、描くことだけは卒業してからは一度もしていない。

「創作するよりも見ている方が性に合っていた」という大義名分は、本意ではないがあながち間違いではないのかもしれないとすら思う。だが、私が絵を描くのをやめた理由を嘘偽りなく語る時は、パブロ・ピカソの言葉を借りてこう答えなくてはならない。

「子供は誰でも芸術家だ。問題は、大人になっても芸術家でいられるかどうかだ」と。

「ちゃんとって何？」

根岸《ねぎし》　里穂《りほ》

二十五歳になった私の周りで、俗にいう結婚ラッシュが始まった。友人に会えば誰それが結婚するらしいという噂話を耳にし、SNSを開けば婚姻届と指輪の写真を添えた結婚報告の投稿が流れてきて、ポストを開けば招待状が届いていると錯覚するほどだった。

最初に招待されたのは、高校のバドミントン部の同期だった美紀子《みきこ》の結婚式だった。元々特別美人というわけではない美紀子だったが、純白ドレスを身に纏った姿は見違えるほど美しかった。ただ、私達の代の主将だった桐絵《きりえ》の鶴の一声で、バドミントンのコスプレをして踊らされた余興だけは最悪だった。当時バドミントン部の顧問をしてくれていた武山《たけやま》先生に頼んで、本物の試合着を借りてくる気合の入りっぷりにも少し腹が立った。桐絵も美紀子も満足そうだったが、高校時代から幾度と桐絵の独断専行に付き合わされ続けているこちらの身にもなって欲しいものだ。

次に招待されたのは、会社の同期である濱野《はまの》さんの式だった。濱野さんは三十人いる同期社員の中でも比較的大人しくて印象が薄く、同期の飲み会に誘っても来ないか、稀に来ても端っこで静かにしているタイプの子だった。にもかかわらず、というのも失礼な話だが、営業部にいる体育会系イケメンで社内から人気があった福島《ふくしま》さんと結婚すると聞き、一時同期内がザワついたものだ。しかも、所謂デキ婚、いや授かり婚と言うべきか。とにかく式に参列した時には既に彼女のお腹は真夏に丸々と実った西瓜のように大きく膨らんでいた。まもなく八ヶ月を迎えるのだとか。

そして今日は、私の幼馴染である圭《けい》と穂乃果《ほのか》の結婚式に参列している。圭と穂乃果とは、互いの実家が近所にあり、圭とは保育園から高校まで、穂乃果に至っては大学まで同じで幼少期から十代の殆どを一緒に過ごしてきた間柄だった。圭と穂乃果が交際を始めたのは、社会人になってからのことだったはずだ。私達三人は産毛すら生えているかどうか怪しいぐらいの頃からの付き合いになる。そこから換算すれば圭と穂乃果が結婚に至るまでに重ねた年月は約二十五年ということになる。流石の私でも感慨深いものがあった。だが、圭と穂乃果が付き合い始める何年も前から、圭と身体だけの関係にあって訳ありで一時期ギクシャクした過去があることは、穂乃果には隠し続けなければならない。その後ろめたさが式の最中にずっと付き纏い、穂乃果の顔をちゃんと見ることができなかった。

我ながら式に呼ばれるほどの関係性がある友人が多いことを自慢に思ったが、ご祝儀とドレス代で出費が嵩《かさ》む一方なのは段々と不服に思えてきた。

結婚式なんて、「私達幸せです！」って見せびらかしたい本人たちのエゴか、「幸せのお裾分け」などといらぬお節介のどちらかでしかないと私は思っている。周囲の同調圧力におされて、自分も「幸せいっぱい！」みたいな雰囲気を出さなくてはいけないのも心底気分が悪い。

身近な人間が次々と結婚していくと、今度は親族から余計なプレッシャーを掛けられるようになった。

「里穂ちゃんはいつ結婚するの？」とか、「彼氏はいるの？」とか、挙げ句の果てには「同じ中学校だった晃君《あきら》なんてどう？　地元に帰ってくるなら繋いであげるから」などと勝手に話を進めようとする始末だ。さも結婚する予定がないことが罪で、或いは可哀想な女みたいな扱いを受けることが堪らなくウザくて、近頃は長期休暇中も実家に帰っていない。

そもそも、何故みんなそれほど結婚なんかしたがるのだろうか。

同年代の大半の未婚者は「早く結婚したい！」と口々に叫ぶが、逆に既婚者の殆どは「結婚なんかするもんじゃない」と嘆いているのに、何故その声には耳を傾けないのだろうか。何故結婚していないことには言及してくるくせに、結婚してからの後悔には「そんなもんだ」と目を瞑ってやり過ごしてしまうのだろう。

それほどまでに神格化される「結婚」というただの法的な事実に、私は何も魅力を感じない。恋だとか愛だとか、恋人だとか妻だとか旦那だとか、そんな言葉一つ、紙切れ一枚で受理される名前のある関係なんかよりも、私は目先の自由と快感が欲しい。それの何がダメなのだろう。

恋人がいた時期も何度かある。だが、大体すぐに縛られることが面倒になって私から別れを告げた。今振り返れば、半年関係が続けばまぁいい方だったんじゃないだろうかと思う。

いつしか恋人がいる女としての立ち回りに嫌気が差して、異性との間に恋愛感情を持ち込むことをやめてしまった。というか、元々恋愛感情なんてものはよく分からない。日吉《ひよし》にある『武蔵家《むさしや》』の家系ラーメンは好きだが、それと恋愛的な好きの何が違うのかいまいち区別がつかない。

私も都合よく使うし、相手も私のことを都合よく呼び出して遊び相手にするくらいの関係性が私にとっては一番気が楽だ。

変に気を使う必要もなく気軽に連絡が取れて、会いたい時に会って、人肌恋しい夜に誘って、恋人とはできないアブノーマルな遊びもして、快感だけを手に入れる。

私はそれ以上欲しくなんかなかったし何も求めていない。無駄にヒステリックになることもないし、十分満足しているつもりだ。

関係を壊してくるのは、いつも男だ。自分の物にしたいという所有欲なのだろうか。長く都合のいい関係を続けてきた人ほど、最後には恋愛に持ち込もうとする。

「俺たちの関係って何？」

そうやってあるべき形に正しく整えようとするような問いが大嫌いだ。関係性の形や名前なんてどうでもいいじゃないかといつも思う。

圭もそうだった。

「そろそろ俺達もちゃんとしない？」

私達が大学四年生だった頃、圭の家のベッドに裸のまま二人で寝そべって余韻に浸っていた時に圭がそう言った。

最初はお互いに適度な距離感を保って都合よく使い合っていたくせに、最後にはそうやって、部屋に散らかったおもちゃをカゴに片付けて棚に収納するように関係性を整頓しようとしてくる。

「春には俺たち社会人だしさ、ちゃんと付き合って将来のこととか考えてさ」と圭は言った。

私は圭が話し終える前に割って入り、「ちゃんとって何?」と言った。自分でも恐ろしく抑揚がなくて冷たい声音だと思った。

私は圭の言葉に腹が立ったのだ。今更こいつは何を言っているのだろうと、呆れもした。

「私達ってちゃんとしてないの?　圭が言うちゃんとって、真っ当に出会って、真っ当に恋をして、一つのＬＩＮＥの返信に一喜一憂なんかしちゃったりして、誰にでも堂々と付き合っていると言える恋人同士の関係になって、偶に喧嘩して仲直りして、給料三ヶ月分の婚約指輪を渡してプロポーズして、婚姻届にサインして役所に持っていって夫婦という称号を貰って、自己満足の結婚式に高い金を払って祝福されて、両親に立派な大人になりましたって涙ながらにスピーチしたりして。そういうことをちゃんとしてるって言うの?」

「いや、なんていうか。でもさ、おかしいじゃん。俺らの関係って正当な名前もないし……」

私はまた圭が話し終えるのを待てなかった。

「私がさっき言ったみたいなことが圭の思うちゃんとしてるってことなら、私はそんなのいらない。関係性に正当な名前があるかどうかなんてどうでもいい！　ただ好きなように生きてることは、ちゃんとしてるって言わないの？」

それだけ捲し立てて、私は床に落ちたままの服を着て圭の家を飛び出した。

圭が好きだったとか、そんな綺麗事じゃない。圭は私のことが好きだったのだろうか。それすらもどうでもいい。ただ言えるのは、私が好きで選んでいる生き方が「ちゃんと」していないみたいに言われた気がして苛ついたということだけだ。

圭は結局穂乃果と、彼が思い描いているようなちゃんとした道を選んだ。穂乃果はこれまでの長い付き合いの中で見たことがない笑みを浮かべていて、とても幸せそうに見えた。でも、やっぱり羨ましいとは思わなかった。

世間一般には、私はまだまだ若い女性に分類される。周囲は婚期を逃すまいと焦っているが、晩婚化が進んでいる現代では、まだ暫く独り身でいてもそれほど周囲から憐れまれることはない。でも、これから先はどうだろう。あと五年もすれば三十代に突入し、気づいた頃にはもっと歳を取っている。次第に若さという武器も失われて、顔にできた皺を隠すために少しずつ化粧が厚くなっていく私を見る周囲の人の視線は、きっと今想像もできないほど冷たく、まるで羽が落ちたアゲハ蝶を見るかのごとく憐れみに満ちているのかもしれない。

ただ好きで都合よく自由に生きただけで、「ちゃんと」していないと見做《みな》される人生に私はいつか絶望するのだろうか。

ふと、会場を回っていた穂乃果と目が合った。穂乃果はいつもよりピンクがかった頬に笑みを浮かべ、ドレスの裾に気を使いながら私の元へ駆け寄ってくると、私の首元へ手を回した。ふわりと香ったジルスチュアートの香水の匂いが、肌が白く可憐な少女を思わせる穂乃果によく似合っていると思った。

「おめでとう、穂乃果」

私は穂乃果の背中を支えるように腰に手を回したまま言った。この言葉だけは決して嘘ではない。負け惜しみなんかでもない。幼馴染への純粋な祝福の言葉だった。

「ありがとう」

穂乃果は少し涙ぐんでいるようだった。

「次は里穂の番だね」

「え？」

穂乃果は私の首に回した手を解き、今度は両頬に手を添えて私の目を真っ直ぐ見た。

「里穂もちゃんと、幸せになろうね」

私は自分がどんな表情を穂乃果に見せているのか見当もつかなかった。

胸には一つ文鎮がぶら下げられたような重さを感じ、足は会場の床に縫い付けられたかのように微動だにしなかった。

ちゃんとって、なんだろう。

穂乃果の背中側から、圭が私のことを見ているような気がした。

「うん、そうだね。頑張るよ」

私はそう言ってから、主役なんだからと会場を回るように穂乃果に促した後、まだ熱の籠もり始めたばかりの式場を静かに後にした。

東京都世田谷区

柴田《しばた》　祈里《いのり》

東京都世田谷区二子玉川《せたがやふたこたまがわ》。東京という大都市を形成する街の一つに生まれ、再開発が進み変貌していくその場所と共に、私は生きてきました。

東京は、生まれた時から当たり前にいた場所で、雄大な多摩川と都会らしさが調和したこの街以外での暮らしを私は知りません。せいぜい友達と一緒に旅行で数日違う県を回ったことがある程度です。

二年ぐらい前、大学でできた友人の紗奈《さな》と佐賀《さが》のバルーンフェスタを見に行ったことがあります。カッパドキアの真似事程度だろうとそれほど期待をしていなかったのですが、長閑で広大な佐賀の秋風はシルク布のように繊細で優しく、薄明の朝に浮かぶ熱気球達が舞う空は、息を呑むという言葉が相応しいほど綺麗な光景でした。しかしながら、大々的なイベントなのに会場までのアクセス網の不便さと、臨時電車やバスの少なさに会場に着くまで随分齷齪《あくせく》したものです。

「こういう不十分さが旅行の醍醐味だよね」

紗奈がその時言った言葉には頷くものがありますが、私はその土地での自分の暮らしを想像することはできませんでした。

東京という街は、私と同じぐらいの年頃の人からすると、憧れの街のようです。大学進学を機に上京した人の割合は、私の時には三割を超えていたとのこと。最近見始めたネットニュースの記事で知りました。それでも、一九八〇年代頃には五割以上が進学を機に上京していたそうなので、憧れの街「東京」というのは、昔に比べればそれほど意味を成していないのかもしれません。

それにはきっと、地方の大学が整備されたことや、上京しなくてもやりたいことができるような社会に変貌してきたことなどが背景にあるような気がします。ですが、来たくても来られない人が相当数いるのもまた事実ではないかとも思うんです。

東京の物価や地価は日に日に高騰しています。自宅で父が読んでいた日経《にっけい》新聞を横目で見て知りました。新聞やニュースなんて全く見る習慣がなかった私ですが、就職活動を始めたことがきっかけになって、意図的に色んな情報に触れるようにしているんです。

先日、私では受かりっこない大手の総合商社の採用広報ページを興味本位で覗いた時に、水野さんという女性社員の記事を読みました。表情から読み取れる聡明さや、彼女の女性として社会で働く上でのマインドに影響を受けているのもあるかもしれません。

そんなことはどうでもいいですが、興味本位で都心での一人暮らしの家賃を調べたことがあります。驚きました。希望の条件からかなり下げたのに、とても今の私では生活していけない水準の物件しか殆ど見つけられなかったのです。上京するとして相当なネックになることは容易に想像がつきました。住むとなれば家賃だけでは済みません。食費や光熱費、大学生なら学費だって掛かります。裕福な家庭の生まれであれば、その憂いはないのかもしれませんが、当然その限りではありません。

宮城《みやぎ》県が出身の紗奈も、地元の女子大でいいじゃないかと言う両親の反対を押し切って、奨学金を借り上京してきたと聞いています。紗奈は「喧嘩をして飛び出てきたようなものだから」と殆ど援助はしてもらっていないらしく、度々「バイト増やさないとまずいかも」と苦々しい表情を浮かべていました。

どれだけ自分が恵まれた場所に生まれ育ってきたのか。紗奈の話を聞いて、それを悟れないほど常識知らずな娘に育ってきたつもりはありません。

しかしながら、それほどまでして何故東京に憧れるのかは、私には分かりませんでした。

私には広島《ひろしま》の尾道《おのみち》に住む十八歳の従妹《いとこ》がいます。四歳下の文香《あやか》ちゃんは、今年受験を控えていて東京の大学を目指しているのだと、等々力《とどろき》の祖母の家で会った時に聞きました。

「東京の生活ってどんな感じ?」文香ちゃんは私にそんなことを聞いてきました。

「別に普通よ。窮屈に感じることもある。電車は常に満員で、店も混む。思っているより何もないからつまらないわ」

私は祖母が入れてくれた温かいほうじ茶を飲みながらそう答えました。

「文香ちゃんはなんで東京に来たいの? 夢でもあるの?」

私が文香ちゃんに聞くと、

「東京に行きたい、が理由かな。だって楽しそう! やりたいことなんて特にないよ」

変なこと聞くねと言わんばかりに彼女は笑っていました。

尾道にある文香ちゃんの家を訪れたこともあります。瀬戸内海《せとないかい》が一望できる風情溢れたあの街での暮らしもきっと、十分楽しそうだと思いました。寧ろ一人になりたいのにさせてくれない東京よりも、余程暮らしやすいのではないかとも密かに思ったくらいです。

〝何もない〟と言ったのは皮肉でもなんでもありません。確かにお店は沢山あるし、服だって買いに行く場所に困りません。コンビニは徒歩五分圏内に三つありますし、それぞれ別のフランチャイズ店が揃っています。ですが、それだけです。みんなが憧れている自由《じゆう》が丘《おか》や、表参道、原宿《はらじゅく》や中目黒《なかめぐろ》だって、用事がなければただ高いビルがあるだけの、人が多くて煩《うるさ》い街に過ぎません。

そのまま文香ちゃんに伝えましたが、彼女は「それは住んでる人だから言える特権だよ」と納得がいかない様子でした。

順当に行けば、文香ちゃんも来年の春に上京してくるはずです。止めることも咎めることも勿論しませんが、憧れて盲目的に目指して来るほどの場所ではないのにと思うのもまた本音です。

夏になって街路樹の蝉が鳴き始めた頃、久しぶりに紗奈に会いました。真面目に大学に通って単位を取り切ってしまった私達は、もう殆どキャンパスに顔を出す用事がありません。紗奈は板橋《いたばし》にある女子寮に住んでいたので、就職活動で忙しかったのも重なって、路線も地域も異なる私達が顔を合わせる機会は必然的に殆どなくなってきていました。

最後に会ったのは確かゴールデンウィーク頃のはずなので、こうして直接会うのは実に三ヶ月ぶりくらいでしょうか。無事にお互い就職先が決まったので、旅行にでも行かないかと計画をしていたところです。

「銀山《ぎんざん》温泉とかどう？」

マップにピンが刺されたスマホの画面を見せながら私は言いました。

「あり。でも冬の方がいいんじゃない？」

「寒いの苦手だもん。紗奈は東北の生まれだから大丈夫かもしれないけども」

生まれ育った町は奥羽《おうう》山脈に沿った場所にあり、県内でも有数の豪雪地帯なのだといつだったか紗奈は教えてくれました。真っ白に染まった山々はとても幻想的なのだとか。

「東北生まれが全員寒いの強いって偏見だよ」

「でも紗奈って真冬にコートの下にノースリーブのニットとか着てくるじゃない。意味分かんないよ」

「そんなことしてたっけ？」

「毎年してた。ほら、あのワインレッドのタートルネック」

「あーあれね。確かにしてたわ。若かったねぇあの頃は」

「まだ二十二だよ私達」

「もう二十二なんだよ」

言われてみれば、私達が出会ったのは十八歳の春です。芋っぽさが抜けないまま上京してきて、竹箒のように薄い前髪に、量販店で揃えてきたような灰色のパーカーとジーンズを着ていた紗奈は、今となってはミルクティーベージュの色をした髪をかき上げ、snidelを着こなす今時の女性です。

「あの頃に比べれば紗奈も随分垢抜けたよね」

四年という歳月は、思えば随分とあっさり過ぎ去ってしまったように思えました。年を重ねれば重ねるほど、時間の進みは加速度的に瞬間になっていくと聞きます。いつか、今日という日が実在していたかどうかも分からなくなってしまうのだとしたら、私達が生きてきた軌跡は一体どこに残るのでしょうか。

「あの頃っていつのこと?」と紗奈は首を傾げましたが、然程《さほど》答えに興味がなかったのか、「場所はいいとして、いつ頃行く？　いつ暇?」とスケジュールアプリを確認しながら私に聞きました。

「お盆とか何してるの？　どうせ暇でしょ」

バイトも入れずに空白になっていたはずの何日かを頭の中で思い浮かべながら私は言いました。

「あぁ……」

口から空気が抜けていく風船のようなため息をつきながら、顔の前に落ちてきた髪を後ろへ払った紗奈は、「ごめん、その辺宮城に帰省しようと思うんだよね」と言いました。

「え？」

反射的に私はスマホから視線を上げて紗奈を見ました。

「そんなに驚く？」と紗奈は笑いました。

「そりゃ、驚くに決まってるでしょ」

上京するために両親と喧嘩別れをしたも同然だった紗奈は、私が知る限りこの四年間一度も地元に帰っていないはずで、あんな田舎二度と帰らないと宣言をしていたほどです。そんな紗奈が急に帰ると言い出したのですから、驚かずにはいられません。

あまりに唐突のことで暫く何も言えないでいると、紗奈が自ら話し始めました。

「なんて言うか……、夢とか目標とかがあって、どうしても上京しなきゃいけない理由があったわけじゃないのに、憧れだけで無理を言って出てきたのを少しだけ申し訳なく思ってたりするんだよね。出ていくなら援助は一切しないとか言ってたくせに、毎月ちゃっかり少なくない額が振り込まれてきてもいてさ。ケジメ？ではないけど、ちゃんと就職もできたし報告ぐらいはしに行きたいなって。だから、お盆はちょっとだけ帰省してくる予定」

紗奈は所在なさげだった手を動かし、冷めかけのコーヒーをステンレスのスプーンで軽く混ぜました。それから、「なんだかんだ彼処が私の帰る場所なんだって、偶に思うんだよね」と言って、店のこだわりらしい和三盆をスプーンで掬ってコーヒーに落としました。刺々しさのない丸みを帯びた和三盆がコーヒーに溶けていく様子は、まるで雪解けのように静かでした。

「じゃあ、旅行は冬かな〜」と言いながら、私は紗奈が宮城の自宅に戻っていく姿を思い浮かべていました。

東京駅から東北新幹線に乗って、仙台《せんだい》駅で降りた後はどうやって地元まで戻るのだろう。電車やバスを乗り継いで行くのだろうか。もしかすると、タクシーを使わないと辿り着けなかったりするだろうか。

二年ぐらい前の秋、二人でバルーンフェスタを見に行った時に見た車窓からの景色が不思議と頭に浮かびました。まだ太陽が昇り切らない早朝、広大な大地の先が薄らと明るく染まっていく空の色を、今もまだ覚えています。

帰省という概念に、私は大学生になってから密かにずっと憧れています。

高校生までは周りも都内生まれの境遇の人ばかりでしたので、それほど思いに耽るようなことはありませんでした。しかし、大学に入学してからは様々な場所で育ってきた同級生達と出会いました。

岡山《おかやま》はジーンズが有名で、兵庫《ひょうご》には播州《ばんしゅう》弁というきつい方言があり、静岡《しずおか》の東部地区では僕達私達のことを「ぼくっち」や「わたしっち」となんとも可愛らしい表現をすることを知りました。

紗奈は例外として、みんな決まってゴールデンウィークや年末年始などの長期休みには実家に帰省していきます。私は彼らが地元の話や帰省の思い出を語っている時の目の輝きには、誇りなのか、愛なのか分かりませんが、彼らがあまりに楽しそうに地元のことを話すものですから、ずっと羨ましく思っていたのです。

「なんだかんだ彼処が私の帰る場所なんだって、偶に思うんだよね」と紗奈が言ったように、憧れの東京に来てもなお、彼らの帰る場所は、それぞれの町にあるのだと思います。

私はどうでしょうか。紗奈や他の同級生、尾道に住む文香ちゃんが口を揃えて羨ましいと言う東京に生まれましたが、この場所が帰る場所なのかと言われると、いまひとつピンと来ません。最寄り駅に着くまでの田園都市線の車窓からの景色には親しみはあれど愛着があるかと問われると、それも分かりません。

紗奈は、四年ぶりに辿る家路に何を見るのでしょうか。懐かしさに目を細めながら、ランドセルを背負ったかつての自分の面影を探したり、初めてできた恋人と歩いた道に今の自分を重ねたりするのでしょうか。なんだかとても、その郷愁を感じてみたくなりました。

私もいつか、この街を出ていくのでしょうか。いや、そうしなければいけないのかもしれません。私はまだ、自分の「帰る場所」を知らない。そんな気がするのです。

「一緒に宮城まで来る？」

そう言った紗奈の笑顔は、不安からくる懇願ではなく、子供が自分の宝物を得意げに見せるような、そんな愛らしさに包まれていました。

このビルができる頃に

向井《むかい》　直子《なおこ》

三年経っても忘れられない人がいると話すと大抵の人は、「男みたいな引きずり方するね」と笑った。あるいは、「物好きな人だね」と傀儡《くぐつ》を見ているかのように失笑する人もいた。

稀に「余程素敵な彼氏だったんだね」と慰めてくれる人もいたが、付き合っていたわけではないことを説明すると、この人は異常に執着心が強い人なんじゃないかと怪訝そうな表情を浮かべた。

当事者である私が思い返しても、それほど特別だったとは思えない時間だった。それなのに、何故か私は、未だに彼と過ごした日々の中に囚われ続けている。

彼、海《かい》さんと出会ったのは社会人になったばかりの春のことで、局所的なゲリラ豪雨と晴れ間が入れ替わり立ち替わりやってくる不思議な日の夜のことだった。

その日の私は酷くお酒に酔っていて、経緯はさっぱり分からないが、目が覚めた時には駒沢通り《こまざわどお》りを走っているタクシーに揺られていた。運転席のカーナビモニターに表示されているデジタル時計は午前二時十二分を示していて、後部座席に座っていた私の隣には、知らない人のはずなのに見覚えのある男が静かに座っていた。

私と同様に酷く酔っている様子だった男は、タクシーが道路の段差に捕まって揺れるたびに、情けなく呻《うめ》き声を上げていた。目は瞑っていたが、男には意識があったようで、私が目を覚ましたのを薄目でチラッと確認した後、これまでの話の続きをするかのようにポツリと話し始めた。

「本当は宇宙飛行士になりたかったんだ」

男の言葉は、私に話し掛けているようにも、運転手に話し掛けているようにも、あるいは、誰にも話し掛けていないようにすら聞こえる、静かな吐露だった。

「なれば良かったじゃない。まだ諦めるような歳じゃないでしょ」と私が訊いたのは、男がその先を話したそうにしていると思ったからだった。

「勿論だ。年齢は言い訳にならない。僕はまだ三十歳で、背は伸びないが老け込むような歳じゃない。それでも諦めるしかなかったんだ」

男はそこで一つ言葉を区切ってから、今度は確かに私に答えを求めるように訊いた。

「君は、過去にＪＡＸＡが公開した新規宇宙飛行士の募集要項を見たことはある？」

一度もない。宇宙飛行士を志したことなんて一度もないもの、と私が言うと、当然のように彼は笑った。

「募集要項の応募資格条件にはこう書かれている。〝色覚正常〟ってね」

「つまり貴方はそうではない？」

「そう。つまりそういうことだ」

男は力なさげに自分の左目を指差した。

「色盲《しきもう》だよ。それも、十万人に一人と言われている三型色覚に分類されているやつだ。十万分の一という数字は、宇宙飛行士の採用倍率なんかよりも余程引き当てるのが難しいはずなのに、選ばれてしまった。ある意味僕は類いまれな強運の持ち主とも言えるかもしれない」

自身の境遇を皮肉ったような乾いた声で男は笑った。

「例えば、今目の前にある信号の色は何に見える？」

「青。青みがかった緑とも言えるかもしれない」

「そう、普通は青だ。でも、僕は生まれつき青という概念がいまひとつ分からない」

「貴方には何色に見えているの？」

右側を一度も見ないまままそう尋ねると、男は三秒ほど迷った末に、「実のところ、アレが何色という種類なのか僕は知らないんだ」と言った。

「じゃあ、もし貴方がユーリ・ガガーリンよりも先に宇宙に行っていたら、地球は青じゃなかったのかもしれないね」

私がそう言うと、男は大学の研究室の教授が学生の発言に興味を示すように、「面白い視点だね」と言って愉快そうに笑った。

不意にタクシーが止まり、運転手が「着きましたよ」と言いながら後ろを振り返った。場所は祐天寺《ゆうてんじ》駅のロータリーで、ここが男の最寄り駅のようだった。

男は、「余ったら彼女に渡してください」と言って一万円札を運転手に渡してタクシーから降りた。スーツのパンツはプレスの跡がなく酷くくたびれていて、男の表情もまた、人生に疲れ切ってしまったようなそんな悲壮感が漂っていた。

「名前は？」

何も言わずに歩いていこうとする男の背中に私は訊いた。

「カイ。字は海原の海」

「宇宙に憧れているのに、名前は海なのね」

「宇宙も広義の意味では海と同じだよ」

「例えば、誰もマリアナ海溝の底を知らないように？」

「あるいは、ポイント・ネモが到達不能極であるように」

海さんは、そう言って目尻に皺を寄せて笑うと、ゆっくりと住宅街の方へ歩いていった。

私はその背中が曲がり角で見えなくなるまで追い掛けてから、「鷹番《たかばん》の辺りまでお願いします」と運転手に告げて目を瞑った。自宅までは祐天寺駅から十分も掛からなかった。

海さんは、渋谷で宇宙関連の事業を行っているベンチャー企業を経営していた。財布の中に知らない間に入っていた海さんの名刺には、CEOという役職、道玄坂《どうげんざか》にあるオフィスの住所が書かれていた。どんな事業をやっているのか気になって企業名をネットで検索してみると、「誰もが宇宙を体験できるバーチャルプラットフォームの開発や、民間のロケット会社と提携した、宇宙旅行プロジェクトの実現を目指している」と書かれていた。

宇宙飛行士ではない一般人が誰でも宇宙に行ける未来は、「本当は宇宙飛行士になりたかったんだ」とドス黒い嫉妬心が垣間見えるような声で言った海さんが、誰よりも一番強く願っている世界なのだと思った。

この春から私が入社した企業も渋谷の道玄坂にあった。職場が近くにあったこと、自宅が東急東横線の同じ元町中《もとまちちゅう》華街《かがい》方面で、一駅違いだったことも災いして、海さんとはあの夜以降、頻繁に街で出くわすようになった。

「一応断っておくけど、ストーカーをしているわけじゃないからね」

帰りの電車を待っていたホームで偶然鉢合わせた海さんは私にそう言った。

「疑わないから連絡先教えてよ」と私が言うと、予想をしていなかったであろう海さんは、「美人局《つつもたせ》とかじゃないよね？」と訝しむような顔をしたが、「失礼な人だよね、海さんって」と私が言うと、諦めたのか渋々といった様子で電話番号を教えてくれた。

それから、月に一回ぐらいの頻度で仕事終わりに道玄坂付近で待ち合わせをして飲みに行くような関係が一年ほど続いた。

「君は最初に会ったタクシーの中で、ユーリ・ガガーリンの『地球は青かった』という言葉の話をしたけれど、その続きは知ってる？」

「漫画で見たことがあるような気もする。でも、知らない」

続きは？と私が促すと、海さんは得意げに話し始めた。

「『私はまわりを見渡したが、神は見当たらなかった』」

「どうしてそっちは有名にならなかったの？」

「有名ではあるんだ。ただ、そこに神がいないとなれば、信じる者も存在を疑うさ」

私は海さんが話す宇宙関連の話が好きだった。海さんは初めて会った夜と同じように、決まって私に問い掛けて、その愛と情熱を教えてくれた。

因みに、『地球は青かった』というセリフは日本だけに広まっている訳し方らしい。いつだったか海さんが教えてくれた。本当のセリフは忘れてしまった。

その年の冬頃、ヒカリエの中にある日本料理屋で御飯を食べていた時、海さんがすぐ隣で建設中の渋谷スクランブルスクエアを見ながら、「三年後ぐらいにできるあのビルの屋上は、屋根なしの展望台になるそうだけど、知っている？」と私に訊いた。

「知ってる。流石に有名だもの」

私がそう答えると、海さんは「そりゃそうか」と言って笑った。

「屋上の高さは二百二十九メートルほどになる予定だそうだよ」

「宇宙まではどれくらいなの？」

「国際的な取り決めでは高度百キロから上が宇宙としての定義」

「遠いね」

私は窓からビルの先にある真っ暗な空を見上げた。

「少なくともこの渋谷では、屋上なしで一番宇宙の近くまで行ける場所になるさ」

「じゃあ、できたら一緒に登ろうよ」

私がそう言うと、海さんは少しだけ困ったように眉間に皺を寄せながら笑い、「そうだね。登りに行こうか」と言った。

海さんと話したのはこの夜が最後だった。

唐突に連絡が取れなくなり、名刺に書いてあったオフィスビルのネームプレートから海さんの会社の名前が消えていた。調べたら資金繰りの悪化で会社が倒産していたことが分かった。宇宙飛行士になれなかった海さんが、宇宙に行くために目指した未来は、地上から高度百キロ先を目指すよりもずっと難しい夢だったのかもしれない。

海さんの行方が分からなくなってから三年が経ち、渋谷で一番宇宙に近い場所に行けるビルができた。私は開業当日のチケットを取り、仕事が終わった後すぐにスクランブルスクエアに向かった。

展望テラスに出るにはエレベーターを二回乗り継がなくてはならなかった。一度目のエレベーターを降りたビルの中腹地点でも、渋谷の殆どのビルを見下ろせる高さだ。

そこから屋上に向かう専用のエレベーターに乗って漸く辿り着いた。

手持ちの荷物をロッカーにしまい、フロア正面の自動ドアから外に出ると、地上から二百二十九メートルも離れた屋上展望テラスには、地上よりも数段冷えた十一月の凍てつく風が肌を突き刺すように吹き荒れていた。しかし、東京全体の夜景を一望できるこの場所から見える景色は、思わず言葉を失ってしまうほど美しかった。

東京の象徴ともいうべき赤い鉄塔。封鎖できない虹色の橋。存在そのものが一つの巨大な街である六本木のビル。東京という大都市を形成するそれらの建物達に、まるで呼吸をして生きている生物かのような錯覚を覚えた。

私は空を見た。地上よりも明るく見える星の向こうには、吸い込まれてしまうほど深い闇が続いていた。

海さんには、この空は何色に見えるのだろうか。ふとそんなことを思った。

「ここからでも、宇宙はまだ遠いね」

左目からスッと流れた涙が、背中から過ぎ去っていった秋風に乗って、ずっと遠くの空に消えていった。

「帰りたくない」と言えなかった

岩本《いわもと》 日花里《ひかり》

ずっと憧れている男性がいた。私よりも十歳以上年上で、私の社会人としての最初の上司だった。

綾瀬《あやせ》さんは、夏でも欠かさずネクタイをつける人で、紳士的なジェットブラックのスーツはいつも皺がなく、革靴は日々丁寧に磨かれていて汚れは殆ど見られなかった。「丸の内の大家」と言われる日本有数のディベロッパーでマネージャーを勤める綾瀬さんは、不動産業界の古い年功序列社会の中でも異例と言われるほど若くして昇格したエリートサラリーマンだった。

同僚達は、彼のことを「まるで映画とか小説に出てくる登場人物みたいな人だよね」と言った。

仕事中は厳しく近寄り難い雰囲気を漂わせる人だったが、指示は的確で部下が困っていれば真っ先に手を差し伸べてくれるほど柔軟で、終業時間外は少年のようなあどけなさもあり、会社からは信頼され、直属の部下以外からも広く慕われる存在だった。

綾瀬さんには、奥さんと娘さんがいたが、三年前私が大学院を卒業して入社した年に離婚していた。

「あるあるなんだけど、俺が仕事人間で愛想尽かされちゃってさぁ〜」

いつだったか酒の席で、綾瀬さんはそう言いながら、オフィスでは決して見せない照れ臭そうな笑みを浮かべていた。女癖が悪い人でも、お金使いが荒い人でもなかったのに、何が離婚に踏み切らせるほど不満だったのだろう。誰も本当のところは知らない。

二人は元奥さんの実家のある静岡県の沼津《ぬまづ》市に移り住み、離婚してからは一度も会っていないと綾瀬さんは言う。

私は綾瀬さんにとっては、自分がマネージャーになって初めて持った新入社員の部下だったらしく、事あるごとに気遣いをしてくれて、無理のないように優しく指導をしてくれた。そこには男性から度々向けられる疾しい視線なんてものは皆無で、まるで父親が娘を保護するかのような愛情だけが感じられた。優しい指導方針は何かとパワハラだとかセクハラだとかがすぐに騒がれる時代だからと言われればそうなのかもしれない。だとしても、私は綾瀬さんのお陰で、今も毎日出社して、なんとか仕事をこなすことができている。

綾瀬さんはお酒を飲むのが好きな人で、週末の仕事終わりによく誘ってくれた。

「無理に来なくていいからね」と綾瀬さんは必ず言ったが、人に誘われることの方が多い綾瀬さんの誘いを断る人は余程の事情がない限りこの会社には殆どいなかった。

終業後の飲み会は部署メンバーの大人数で行われることが殆どだったが、綾瀬さんと私は客先へ同行することも多く、二人で飲むこともしばしばあった。

大人数での飲み会の時は、東京駅ガード下の大衆居酒屋に行くのが恒例だったが、私と二人で飲みに行く時は、綾瀬さんが一人でよく通っているらしいダイニングバーを紹介してくれた。

二十七歳の私すら子供扱いするような大人びた彼に連れられて、私は麻布《あざぶ》や六本木といった大人の街に慣れたのだ。

「本当はジンとかウォッカとかウイスキーが好きなんだけど、なかなか騒がしい部下達大人数をこういうところには連れてこれないからねぇ〜」

綾瀬さんはグラスに注がれたマッカランのロックを飲みながら微笑んだ。

「それみんなが聞いたら怒りますよ」

私もそれにつられて笑った。

「言わないでねぇ〜」と懇願する綾瀬さんの仕草はとても愛らしかった。

お酒がそれほど得意なわけでも詳しいわけでもない私だったが、綾瀬さんのせいで無駄な知識が沢山ついてしまった。

例えば、最近私が綾瀬さんと飲みに行く時に好んで注文している、『ブラントン』というバーボンウイスキーのボトルには、ケンタッキーダービーのサラブレッドを模したフィギュアがキャップについていて、八種類の姿形を楽しめるらしい。

こんな知識を一体どこで使うのだろうと思ったが、客先のお酒好きな上席の社員と会食をした際に「若い女性なのに詳しいじゃないか!」と打ち解けるきっかけになったことがある。隣の席に座っている綾瀬さんのしてやったりという顔が少し鼻についたが、綾瀬さんに教えてもらったことだと思うと悪い気はしなかった。

年次を重ねていくにつれて、綾瀬さんと二人で飲みにいく機会が多くなった。どこからかそのことを嗅ぎつけた同僚に綾瀬さんとの関係性をしつこく問われることもあったが、特段疾しいこともなかったので、「仕事帰りに飲みに行ってるだけですよ」と答えた。疾しい気持ちがあるとすれば、それは間違いなく私だけです、とは言えなかった。

綾瀬さんは、どれだけ遅くなっても私を必ず終電で家に帰す。例え乗り遅れたとしても、私の自宅のある木場《きば》までタクシー代を渡して見送ってくれる。

綾瀬さんは、話を聞く限り恐らくは同年代の離れて暮らす娘さんのことを私を通して見ていたのかもしれない。

私と綾瀬さんは、上司と部下という関係に過ぎない。それ以上でも、それ以下でもない。だからどことなく綾瀬さんが線引きをしているラインを越えないように、慎重に立ち回ってきたつもりだ。

「綾瀬さんは、再婚とか考えてないんですか？」

その日も私は、綾瀬さんに連れられて大手町《おおてまち》にあるホテルの三十九階にある『ヴェルテュ』というバーに来ていた。

「この建物ができたばかりの頃に元妻と来たことがあってさ」と綾瀬さんがポロッと呟いた時に、思わず訊いてしまった。

「何急に。照れる」と綾瀬さんは恥ずかしさを誤魔化すようにグラスを煽った。

「離婚されてから三年くらい経ちましたし、そういうことも考えてたりするのかなって、ちょっと気になっただけです」

「まぁ、そうだねぇ〜。全く考えたことがないかって言われたら嘘になるけどさぁ〜」

綾瀬さんは気が抜けていると語尾がよく間伸びする。そんなところに感じる年不相応な幼さも可愛らしいと思った。

綾瀬さんは窓の外を眺めるように視線を向けた。つられて私も視線を追い掛ける。偶然空いていた窓際の席から見える丸の内の光景は、綾瀬さんのジェットブラックのスーツを思わせた。

「でもさ……」

綾瀬さんは視線を遠くに向けたまま話し始めた。私も大手町のビル群を見つめたまま、次の言葉を待った。

「俺が誰かと再婚することはないと思うよ。勿論元妻も含めてね」

遠くに見えるビルの窓から見える明かりが一つ消えた。それでもまだ、東京の夜は明るい。

自分で訊いておきながら、返す言葉が上手く見つからなかった。

「そうですか」と酷くそっけない返事をすると、綾瀬さんは「全然興味ないじゃん！」とまた気が抜けたいつもの終業後のように笑った。

どんな言葉を待っていたのか。私は自分でよく分かっているつもりだったが、気づいていないフリをすることにした。そうしないと、綾瀬さんを困らせてしまうと思ったから。それに、こんなバーと素敵なお酒と丸の内の夜景には、ぐずり顔は似合わない。

窓際で横並びになった席で、いつもより距離が近い綾瀬さんの肩が私と何度かぶつかった。綾瀬さんが私に触れるたびに伝わる身体の熱に、ドギマギと心臓が揺らいだ。

「これ、飲んだら帰ろうか」

綾瀬さんはそう言って、残り僅かになったマティーニが入ったグラスを煽った。綾瀬さんの口内に流れていく白濁色のマティーニが、永遠になくならなければいいのに。そんなことを本気で思ったりした。

「帰りたくない」と言えば、綾瀬さんは私とこのまま朝まで一緒にいてくれるだろうか。いや、きっとまた、子供みたいにあしらわれて、家に送り届けられるのがオチだろう。

結局私は、何も言えないまま綾瀬さんに見送られ、大手町駅から東西線《とうざい》に揺られて木場の自宅に帰った。

綾瀬さんが誰とも再婚する気がないと言ったことにショックを受けているのだろうか。それとも、綾瀬さんは今後誰のものにもならないという宣言に、私との関係だけはその中でも特別なんじゃないかと夢を見ているのだろうか。

寂しさからなのか、嬉しさからくる感情なのか、それとも端から期待なんかしていなかったからなのだろうか。

涙が出そうなのに悲しくはない。

そんな不思議な気分の夜だった。

「私はどっちでもいいけどさ」

大《おお》井《い》薫《かおる》
川《かわ》口《ぐち》美《み》憂《ゆう》

「肉体が魂を作るのか、魂が肉体を作るのか、どっちだと思う？」

茹《う》だるように暑い真夏日の午後。沼津駅から自宅に歩いて帰る途中で、額に汗を浮かべる美憂《みゆう》が言った。

「何、急に。鶏が先か卵が先かみたいな話？」

薫《かおる》は身体に張り付くTシャツの鬱陶しさに苛立ちを覚えながら訊き返す。高校生の頃にオカルトや陰謀論のようなものにハマりだした美憂は、二十四歳になった今でも、『月刊ムー』の定期購読をしている。明らかに信憑性のない空想とこじつけを、美憂は嬉々として話すが、薫はいつも興味が持てなかった。

「もしさ、肉体ができてそこに魂が宿るなら、私達には性別を選ぶ権利がなかったわけじゃない？　でももし仮に魂に肉体が宿るなら、私達は望んでこの性別を選んだことになるでしょ」

魂にはきっと自我があるだろうしさ、と前提があやふやなことを美憂は言う。

「あのさ、何が言いたいの？」

結論の見えない会話に苛立ちを隠せなくなった薫の口調は自然と強くなる。それに気づいた美優は、何ちょっとイラついてるのよ、と手で顔を扇いだ。

「私達はなんでこの性別を選んだんだろうなって。気になっただけ」

首筋を伝った汗が乾いたアスファルトに落ちて、小さなシミを作る。

「よく分かんないけど、そもそも魂とかそういうの、信じてないから」

薫は道端に転がっていた小石を蹴った。小学生時代の放課後、下校途中みたいでなんだか懐かしいと思った。勢いよく蹴られた小石は、白線の内側を跳ねるように転がり電柱にぶつかって、コツンと小気味よい音を立てる。

「人が死んだときにさ、身体がほんの少しだけ軽くなるんだって」

美憂は崩れた前髪を触りながら言った。

「軽くなる？」

薫は電柱にぶつかった小石を拾いながら訊き返す。

「そう。軽くなるの。二十一グラム。それが魂の重さ」

その小石貸してよ、と言いながら美憂は手を差し出した。薫は「案外軽いんだな、魂って」と言って小石を投げて渡す。美憂は、おっと、と前のめりになって小石を両手で受け取った。

「魂の軽さで言えばさ、この前私のおじいちゃん死んじゃったんだけど、死って全然